◆◆ 中国文学名家散文精选丛书

积树居絮语

姜晓铭 著

江西高校出版社
JIANGXI UNIVERSITIES AND COLLEGES PRESS

南 昌

图书在版编目（CIP）数据

积树居絮语 / 姜晓铭著 . -- 南昌 : 江西高校出版社 , 2025. 6. --（中国文学名家散文精选丛书）. ISBN 978-7-5762-5622-2

Ⅰ . I267

中国国家版本馆 CIP 数据核字第 2024RL6241 号

责 任 编 辑　王进颖
装 帧 设 计　夏梓郡

出 版 发 行　江西高校出版社
社　　　　址　江西省南昌市新建区工业二路 508 号
邮 政 编 码　330100
总 编 室 电 话　0791-88504319
销 售 电 话　0791-88505090
网　　　　址　www. juacp. com
印　　　　刷　鸿鹄（唐山）印务有限公司
经　　　　销　全国新华书店
开　　　　本　650 mm×920 mm　1/16
印　　　　张　13
字　　　　数　160 千字
版　　　　次　2025 年 6 月第 1 版
印　　　　次　2025 年 6 月第 1 次印刷
书　　　　号　ISBN 978-7-5762-5622-2
定　　　　价　58.00 元

赣版权登字 -07-2024-1003

目　录
CONTENTS

第三辑
积树絮语

第四辑
云 为 诗 留

第一辑

人生如茶

我入学前是在外婆家度过的，懵懂之时外婆教我《三字经》《百家姓》《千字文》。小学就在离家不远的立新小学读。立新小学原来是兴化东门的老当铺，为二层回型木楼，低年级的教室在楼下。

每天上学放学都从辐辏巷至珠蕊巷出来，经过竹巷，见到的全是竹编、竹器，对竹器制作过程十分熟稔。竹巷里做竹器的人家大都姓李，家家门口都有人坐在那编竹篮子、竹篓子。难怪当年郑板桥画竹子，因为他看得最多的是竹子。我从我们家住的辐辏巷穿过自家西门出来就是竹巷，童年的玩具大多和竹子有关。用竹子做成水枪打水仗，用竹片做成风车、竹蜻蜓、竹弹枪玩游戏，用废竹头做成笔筒子，天天玩弄，竹子自然而然地融入生活中。

珠蕊巷和竹巷的巷头有一家连环画出租店，大家都叫店主吴老头子。吴老头子家以前是专门制作头面首饰的银匠店，不让做首饰了他就将家里的古书、连环画拿出来出租。每册一分钱，厚一些的两分钱，我大部分零用钱都花他那儿了。每天放学就到他店里看连环画，对于我这样的老主顾，吴老头子会在人少时拿出一些压箱底的古书给我看，看到一本本绵纸线装带木刻插图的书，我立即接到手中，使劲吸吮书中散发出的墨香，常常忘记回家的时间，我爸爸经常在吴老头子店里将我找回去。

我自小由外婆带大的，星期天外婆带我回家，走到新华书店看到小人书，我就不走，要买，外婆总是满足我，给我买下我喜爱的连环画书。连环画是我的宝贝，最多时我拥有两百多册。

童年的我，对书，不单单是喜欢，而是一种天性使然。不放过任何寻书的机会，一次，我从父亲学桌的抽屉夹层中翻出1957年人民文学120回本《红楼梦》，内有改琦绘40幅精美插图，我偷偷地将书藏起来，放学后，一回家就躲在房间里读，至于《红楼梦》里讲的什么，我不知道也不须了解，读到就是快乐。记得还从我父亲的学桌内翻到我父亲当年读书的教科书、学习用的《家医》等，反正是能找到什么书就读什么书。

明代学者李卓吾说："若失却童心，便失却真心，失却真心，便失却真人。"在游戏嬉玩时，最常玩的是铜钱，家家都有一些铜钱，到废品站也可以找到铜钱、铜板；冬天还用铜钱做毽子踢，而用铜钱玩扔铜钱、滚铜钱则是最常规的游戏了。三五个人，用铜钱或铜板比谁滚铜钱远，最远者算赢；每人各出一到二枚铜板摞成一堆，然后大家退至一定距离轮流用一枚公用铜板掷，谁掷得掉下的多算谁赢。我每天口袋中总是装有10多枚铜钱、铜板，种类数量颇多。凡我见到自己没有的铜钱总设法与别人交换，时间一长也积聚了不少下来，但大多是清康熙、光绪等大路货铜钱，仅有一枚八卦12生肖花钱是我在家里曝伏时发现专门收藏起来的。同学中有此八卦12生肖花钱的不多，我平时舍不得拿出来玩，一直放在家中我的玩具盒中。后放学在书摊中读到八卦书和图片，常看一些神仙故事，知是八卦图，对八卦图自是熟悉。以后在家中找到一本《周易》，也不管看得懂看不懂，将书与八卦花钱放在一道藏好，作业做完没人时竟对着钱上八卦图比画观摩并着迷。幻想自己也像古代高人一样，坐在八卦阵中，指挥若定，挥洒自如，运筹帷幄。有一次放学回家途中，见一人手中拿着一个有八卦图的圆盘和一本书在嘀咕什么，我好奇，悄悄地跟在那人后面走过几条巷子，直至那人进一户人家我方悻悻回家。以后得知有八卦图形的圆盘叫罗盘，是风水先生们的必备之物。

随着我看的连环画和古书的数量增多，我就想把书中的一些好图保存下来欣赏，书店里又没有专门讲美术的书。我从家中抽屉翻出许多香烟画片，拿出一些作描摹用，先在香烟画片上用铅笔打成格子进行描摹放大。祖父开过"庆华园"饭店，当年在兴化是比较有名的，饭店里销售香烟。我奶奶讲，香烟画片是卷烟厂或烟草公司为促销其产品，随香烟赠送给消费者的一种小型的画片，每包香烟送一张，如要想收集成套就得多买香烟。我手头的貂蝉香烟画片即为南洋兄弟烟草公司制，正面为貂蝉在月下焚香叩拜，月亮半隐云中，貂蝉身姿俏美。画面右上方为楷书"貂蝉"二字，右下书《三国志》之（十二），背面印有花纹，从右往左"同胞注意"四字制成横匾形。中间"君用一份国货，即为国家挽回一份外溢之利权，明乎此者，请吸南洋公司各种国货香烟"。竖印在椭圆图形中，下方为中国南洋兄弟烟草公司名。《虞姬舞剑图》香烟画片正面为虞姬手舞双剑，衣带随剑飘舞，背面为楷书《虞姬舞剑图》文字介绍：楚霸王爱姬名虞，善舞剑，美丰姿，霸王行军八载，未尝一日相离，霸王每令舞剑为乐，垓下一战，霸王被汉军所困，夜闻四面楚歌……画面虞姬衣着华丽、面色宁静、两眼注视前方，身随剑走。整幅画色彩艳丽，人物刻画生动传神，布置得当，融传统绘画于其中。

后来手中的香烟画片多了，上面的人物、情节内容，加之有的香烟画片背面还有文字介绍，图案精美还能当连环画阅读，就舍不得在香烟画片上面用铅笔打成格子，而是珍藏起来了。

辐辏巷里与我同龄的小孩多，我与几个比我大的孩子常在一起玩，因为喜爱摄影，而当时照相机还是高档商品，买不起。就看着书自己制作照相机。我们找来玻璃、木板，买来显影粉。参照书中说明用简单的工具搞了几天，几经失败，最后终于制成一台简陋粗笨的照相机并成功拍出照片，那种兴奋的感觉不亚于现在发明成功获奖。

一日老师教《核舟记》课文时，我将家里所藏核舟用一小绳穿在船尾带到学校里，我所带核舟为红褐色，表面包浆完好，釉色光滑，雕工精细。此核舟为我父亲儿时所有，我带到学校与同学们一起共同观赏，也有炫耀之意，系在身上天天不离，最终将船尾弄破掉一小块，吓得不敢再玩，方悄悄将核舟放在家中。

1976年，是中国历史上动荡的一年，我读小学三年级。1月8日，周恩来总理逝世，举国陷入悲痛中。7月6日，朱德委员长逝世。9月9九日早晨，广播里突然放起了哀乐，我们院里的胡奶奶听到广播里传出毛泽东主席逝世，惊得将手中的脸盆掉在地上，立即失声哭起来。我们自己做白花，戴黑纱到学校里参加毛主席的追悼会。

那时候学校经常组织忆苦思甜报告会，我们学校请严家的一姓葛的老头做报告，他每每说到激动处就站起来露出腿上被地主家的狗咬的伤疤。

我们学生情况报告书上印刷有《毛主席语录》："我们的教育方针，应该使受教育者在德育、智育、体育几方面都得到发展，成为有社会主义觉悟的，有文化的劳动者。"放假了，我是小组长，老师安排我们几个住得近的同学轮流到各家学习做作业，写完作业我们就一起出去玩。玩得最多的还是打水漂。水乡河多，我们自家中出来不出几百米就有河，平时父母都管得紧，一到放假，是孩子最自由、最快乐的时刻。我们在河边找那些较扁的碎瓦片，用拇指和中指捏住，使劲向水面抛去，看到瓦片在水面上弹跳起来，我们脸上荡漾着快乐的笑容。

　　我订的第一份杂志是《儿童时代》，1978年4月1日《儿童时代》出版复刊号，20开36页的《儿童时代》（总第390期）复刊号。编辑出版者为中国福利会儿童时代社，社址是上海常熟路157号。每本定价：一角七分。

　　《儿童时代》是宋庆龄创办的一份供少年儿童阅读的综合性刊物。封面上吴自忠画"春催桃李"（国画），封二孙文超等画的油画，于之配诗"亲切的关怀——毛主席接见科学家李四光、钱学森"。封三连载张乐平先生《三毛爱科学》，封底是阿达画镂版画，秋生配诗。首页宋庆龄撰写《祝贺〈儿童时代〉复刊》，号召全国青少年，发奋努力，学政治，学文化，树立爱科学、讲科学、用科学的风气。在老师的指导下，努力学好文化科学知识，树立远大理想，成长为有社会主义觉悟的有文化的劳动者，为实现祖国四个现代化贡献聪明才智。上海科学技术协会主席苏步青撰写了《对小朋友的几点希望》一文。复刊号上有全国科学技术协会顾问高士其的诗《立志登攀科学高峰》、黄宗英的散文《关怀》、陈伯吹的小说《比赛以后》、秦牧的散文《人和兽的两个故事》，第一个故事讲的是一个鲁莽和愚蠢的人在野兽面前吃亏的故事，第二个故事讲野兽怎样在聪明而又勇敢的人面前吃亏的故事。

　　每期都有许多著名画家为《儿童时代》封面、封底或中页的连环画作画。印象最深的就是一拿到杂志先翻看封三上张乐平先生画《三毛爱科学》，知识宫里的《万宝全爷爷信箱》是我最喜欢的，包蕾、詹同文、朱延令插图的《狼来了》，田原《猎人争雁故事》，是我常讲给小朋友听的保留故事。

　　（原载《小学学什么——英才是这样炼成的》，教育科学出版社，2010 年 12 月第一版）

春节是孩子们神往的年节。尤记儿时，大年初一清早，放鞭炮、点香烛、辞旧岁、迎新年。我醒来穿上新衣先将枕头边上的压岁钱取出，随父母出去拜年。

我们到奶奶家拜年，父亲领我先拜祖宗，我给奶奶磕头拜年得到压岁钱，坐下来喝一杯奶奶准备的放入红糖的红枣茶，吃一片八珍糕、云片糕、炒米糖、花生糖等各式糖果点心，随父母一一拜下来，我口袋中的压岁钱已有不少，就可以与一帮小孩上街自由玩耍。

因为是新年，满大街的人们穿戴得整齐体面，几乎家家小孩都穿上了新衣服。沿街小摊早早摆放出拍画、玻璃球、铁环、链条枪、炮仗纸；卖空竹的摊上摆放有单轮和双轮空竹，摊主在一旁抖空竹发出"嗡嗡"声，舞动的身姿做出"过桥""对扔"等动作吸引人围观购买，不一会儿就有孩子买了去在家长的指导下抖起空竹；卖竹制玩具的小贩肩扛一挂满了竹枪、竹编、竹哨的竹货架，嘴上吹一小叫子，手中摇动一涂上红黄二色的竹枪，竹枪发出"噼啪、噼啪"声吸引小孩，等围观的小孩多了方停下来将货架放下固定好。百货公司里有"活眼跳蛙""铁皮鼠""玩具枪"等铁制玩具卖，活眼跳蛙是绿颜色的，眼睛会动，上好弦后会一蹦一蹦的。不过一般小孩嫌百货公司玩具价贵，进百货公司不过是围着柜台望望而已。

满街玩具色彩斑斓、形式各异，吸引了儿童的眼球，孩子们这个时候买心爱的玩具是不吝啬的，只是苦于口袋中父母留给自己的压岁钱不多，不能尽兴购买。

读《儿童杂事诗图笺释》周作人诗、丰子恺画、钟叔河笺释，周作人有《压岁钱》诗："昨夜新收压岁钱，板方一百枕头边。大街玩具商量买，先要金鱼三脚蟾。"为了买下自己喜欢的玩具，孩子们一会儿跑上前去观看，一会儿走出来嘀咕一下找上好伙伴商量买什么玩具好，总是在摊位旁转了又转看了又看挑了再挑才买下一心爱的玩具去玩耍，买下玩具的孩子身后留下一串欢笑声在一批跟随者交头接耳的拥戴下离开。

我当年在百货公司买下的"铁皮老鼠"，系灰颜色的，翘胡须 10 许根，上紧发条后，老鼠就快速飞跑起来，跑动起来的铁皮老鼠还竖着细长的尾巴。儿时淘气，回到家我与小伙伴用一根细长的绳子拴住铁皮老鼠，拿到王奶奶家的大花猫面前，将上紧发条的铁皮老鼠对着正在屋檐下晒太阳的大花猫撞去，大花猫对我们的行动和跑来的铁皮老鼠不予理会懒洋洋地伸了个懒腰继续睡觉，太阳下，我们换着方式逗弄大花猫，许是我们数次的逗引打碎了大花猫的美梦，或是面前的这只小老鼠冒犯了它的尊严，大花猫终于抖了抖身子站立起来，向铁皮老鼠扑去……

儿时的玩具种类五花八门，大多是手工制作，儿童在玩的过程中经历手动、相互交换和比较获得童趣。

2016 年 5 月 27 日

藏得核舟忆儿时

核雕是中国民间传统工艺，在其上面刻出各种精细的人物图画，自明清以来，一直为历代收藏爱好者钟情。

记得我上学时，课文中有明末笔记作家魏学洢写的《核舟记》，记述了艺人王叔远创作的《苏东坡泛舟赤壁》，就是在"曾不盈寸"的橄榄核上刻出一只木船，小小船上刻有苏东坡、鲁直、佛印、船夫和儿童五个人物，神态各异，船上装饰、摆件均有，人物衣褶飘然有致，四扇米粒大小的船窗还能开启自如，让人叹为观止。

现在，我还记得课文中这么写道："舟首尾长约八分有奇，高可二黍许。中轩敞者为舱，箬篷覆之。旁开小窗，左右各四，共八扇。启窗而观，雕栏相望焉。闭之，则右刻'山高月小，水落石出'，左刻'清风徐来，水波不兴'，石青糁之。"

乙酉金秋，我参加全国读书报刊研讨会，会议期间组委会组织去潘家园、报国寺参观，我见核雕多种，但大都工艺粗糙无多大特色。回来后，我倒是从自己家里的旧藏中找出一枚核舟。

我所藏核舟为红褐色，表面包浆完好，釉色光滑，雕工精细。此枚核舟长4厘米、宽1.8厘米、高2厘米；核舟篷顶前部左右各刻两朵灵芝，船头的左边两人物一前一后扶栏遥望远方，船头的右边一童子正围炉烹茶，核舟船舱为篷制式，篷顶刻五片梯形遮阳顶，船舱为半雕栏形状，船舱内坐二人，左边一人用左手扶持着雕栏窗户格上，将身体探出窗栏外眺望，右边一人用右手撑在雕栏框上端将头探出舱外凭栏望景。船舱前右边雕刻一方形小窗，小窗上部雕一花架，船尾一舟子（船工）正用力摇橹，船底前端中间刻一水槽，两边为穹形向上，中部为1.4厘米大小平底，核舟上共雕刻六人，人物神态各异、栩栩如生。

此核舟为我父亲儿时所有，后我在学《核舟记》课文时，让父亲翻出来给我带到学校与同学们一起共同观赏。当时年少，我不懂得珍惜，常与同学将核舟放在水盆中戏玩，后又用小绳穿在船尾扣在身上天天不离，一为炫耀、一为宝贝从父亲那要来为我拥有；最终将船尾破掉一小块，吓得我不敢再玩，并悄悄将核舟放在家中。

后来，此枚核舟又历经两次搬迁，几十年来亦不知放到何处，几经翻找均未见，我心中也就怅然。但在整理旧日杂物时，我又翻出了它，让人欣喜，岁月如梭，当年儿时之物重现亦一大快意之事。

现在，在古玩市场，一枚小小的核雕已是价格不菲，清代苏州杜世远雕刻的核雕当时就卖至五十两银子。盛世收藏，我无心关注此枚核舟的价值，写此小文与大家共赏，以求更多藏品再现。

原载 2014 年 8 月 25 日《宜兴日报》

斗蟋蟀

蟋蟀又名促织，"蟋蟀鸣而知天下秋"。白居易《促织》诗："闻蛩唧唧夜绵绵，况是秋阴欲雨天。尤恐愁人暂得睡，声声移近卧床前。"

童年时，我常在月白风清的秋夜去捕捉蟋蟀，现在则是捉几尾给儿子玩玩，自己顺便也捡拾一些童趣。

秋夜蟋蟀在欢唱，我带上简单的工具去捕捉蟋蟀。在河边的一处砖石堆旁，我听到"瞿瞿"鸣叫声，侧耳细听，声音刚烈，叫了数声即止，知道是条好虫，追寻着鸣叫的方向，悄悄靠近目标，轻手轻脚地搬动废砖石，一手拿网罩，一手用一根铁钎轻轻拨动蟋蟀，蟋蟀蹦跳，刚好蹦进网罩中，我迅速将其放入准备好的工具中，继续找寻，如此这般，一连捕捉到好几条虫子，方回家。

我将捉回的几尾黑牙青、紫麻头、先放入泥盆中静养，喂以饭粒，水果肉，待生性孤僻的蟋蟀养足精气，方将它们拿出来斗。

二虫全须全尾，六肢齐全，二须相交，只见"紫麻头"退几步站稳，二须竖直，双腿紧绷，昂视对手。"黑牙青"则直扑对方，张牙舞爪。紫麻头则不慌不忙，安神定气，待黑牙青杀到面前，一个反扑，咬住黑牙青右腿，将其弹出寸外，黑牙青恼羞成怒，随即猛扑上来，四牙相抵，黑牙青凭借身大之优势，步步紧逼，将紫麻头逼至盆边，紫麻头已无退路，愤而一击，猛咬其左侧，黑牙青慌不迭地退出。

第二回合，紫麻头率先发起进攻，黑牙青反身应战，总结第一回合经验，紫麻头穷追猛打，揪准机会，一下子将黑牙青掀翻，黑牙青起翅鸣叫，意欲吓倒对手，紫麻头也高声鸣叫，将其声盖掉，并且鸣且攻，朝黑牙青发起第三轮攻势，黑牙青虽无大胜的把握，乃奋起搏击，紫麻头已是势在必得，不停地发起攻击，咬得黑牙青只有招架之术，已无还手之力，紫麻头一口重似一口，志在必胜，连续几十口的猛攻，黑牙青已落得带伤节节败退，最后，落荒而逃，紫麻头得胜振翅鸣叫，欢呼胜利。

经此一番斗搏，败下来的黑牙青因伤势严重未过几日就死了。紫麻头我悉心饲养，注意保持蟋蟀盆里的清洁，经常更换水盂里的水，放置新鲜的梨肉，使蟋蟀多活动，延长它的生命。我将紫麻头一直养至深秋并过冬，死后蟋蟀乃保持平时姿势一年而不腐，可见紫麻头是一条好虫子。

秋日里在紧张的工作之余，养几尾蟋蟀，听听其鸣唱，可放松精神，观蟋蟀搏斗雄姿，可振奋人的精神，通过捉、养、玩蟋蟀可锻炼身体，活动筋骨，到野外去捕捉，远离喧闹的人群，来到闲适静谧的大自然中，看繁星点点，听秋虫"瞿瞿"的鸣唱，不是一件自得其乐的雅事吗！

原载 2005 年 8 月 12 日《泰州晚报》

紫砂壶说

紫砂壶藏品具有欣赏、收藏与实用三者兼顾的功能，好壶是有"性灵"的，而紫砂壶藏品的玩、赏与养，是壶中的三味。

吾友品陶，性情率真，痴迷紫砂，知无不言，心口一致，眼无尘器，网上论陶，网下品陶，无心责人，诚心论艺，艺中有陶，陶中有艺，壶痴本性，收藏本色，历代紫砂，尽心收藏，蔚为壮观，个中三味，唯有自知。收藏研究，广结壶缘，画壶论壶，已为生计。我说，这为壶痴、壶迷、壶喜、壶狂的品陶，就活在这紫砂壶中。

一日品陶兄专程来舍下告知，即日将去陶都发展，专事紫砂壶事了。我在他行前以兄自居，免不了说一些出门在外等圆滑处世俗话，况品陶兄非我等俗人，毋容我这俗套客语在外处世，他凭的是怀揣金刚钻的本领，在陶都这紫砂的天地里，干一番事业，成就自己。我乃兄弟之情溢于言表，送春风和逆耳之言助他行程，也不负他专程登门辞行之本意。

我之喜好紫砂壶是喜紫砂壶的文化气息和看重紫砂壶的实用性。一方面近朱者赤，也受品陶兄的影响爱上紫砂壶"壶小乾坤大"。

爱壶是缘于爱喝茶的缘故，想喝出茶的真味一定要选择一把好壶。紫砂壶能发出茶之色、香、味，并且既不夺香，用以泡茶，善于韵味育香。数年前品陶兄持一把红泥紫砂圆形流线小壶相赠，小壶通长15厘米、壶身9.5厘米、壶底7.5厘米、壶盖5厘米，我见之则喜。壶嘴、壶身和壶把三位一体有机组合，相互交融，益显紫砂壶的特有魅力，壶底部一款"玉林制壶"。刚好一手相持，此壶一面刻唐诗："客路青山下，行舟绿水前；潮平两岸阔，风正一帆悬。海日生残夜，江春入旧年；乡书何处达，归雁洛阳边。"一面刻山水，将孤寂思乡的游子思想感情尽显，将紫砂壶艺与诗书画完美结合，浑然一体，充满书卷气。观此壶到令我联想到身在他乡同学友人。夜读时我喜用它泡上一壶徽州的毛尖，在书海中夜航。一日寒夜读书读到兴至，将手中所持此壶随手一放不慎将壶嘴碰落，心中悻悻暗自懊恼莫及，后用胶将壶嘴和壶身粘好不能再用，遂将它放置装饰橱中，每每看到此壶使我想起壶中的趣事。

品陶兄闻知此事，大笑：书呆子也，复又赠我一紫砂壶。此壶为古铜色砂紫六角壶，制作朴素、率真，表现出"古拙素雅"之气。为宜兴制壶名家蒋懿芬所制，品陶兄介绍：蒋懿芬，以前在一家紫砂厂工作，不甘平庸的她从厂里出来后，拜师学艺，制壶技术越来越好，知名度越来越大。壶底部钤"蒋懿芬"篆书印。我得此壶先是把玩，按品陶兄嘱咐，先用开水注入壶中方能使壶的泥色变深，这叫显色性。品陶兄说：颜色变化越大泥质越好可养性就越大，只有纯正好泥质才能养出如婴儿肌肤的细腻手感，光亮如古镜的典雅古朴之视觉感受，着色圆润而深厚的古玉风范。此番得壶倒长了不少紫砂壶的见识，什么用手或毛巾之类的柔软织物摩挲，再看壶嘴和壶把的组合的外切空间线条是否流畅。什么"壶把随着壶身走，壶嘴顺着把末出"等谚语，既得友人几番相赠紫砂壶，我好好地读了几本有关紫砂壶的书，《阳羡茗壶系》说："壶经久用，涤拭口加，自发黯然之光，入可见鉴。"春节期间品陶兄从宜兴回家过年还特地给我带来他参与编辑的《中国陶都网》期刊，令我大开眼界。想品陶兄已在陶都盘下一块施展之地吧，正使出浑身解数，拿出自家的真本领，在陶都这紫砂魔幻的舞台上登台亮相，搏杀出一片天地来，如是，亦为可喜之事。

炎炎夏日，我泡上一壶阳羡雪芽，一手持卷、一手摩挲六角紫砂壶，在阳光下感受这光泽见人，拙朴造型的紫砂壶散发出的茶香，沁人心脾。

原载 2006 年 3 月 7 日《泰州晚报》

为儿淘得白玉鼠

我喜欢玉，它温润谦和，洁白无瑕，吉祥如意。我儿子属相鼠，故我为儿子取名子辰，愿儿子长成一谦谦君子，知礼仪，明事理。古代即有子辰玉佩，我一直想购一块生肖白玉鼠给儿子戴。商店卖的行货我不甚喜欢，我宁愿到古玩市场去淘。

那年，我出差回家，途经扬州作一短暂停留，并和邬先生约好去古玩市场，并告诉他，我想为儿子买块玉，最好是生肖鼠。邬先生是扬州颇有名气的收藏家，精研古玩多年且藏品颇丰，他得知我儿出生，首先向我道喜，并说，扬州古玩市场古玉、新玉都有，生肖鼠不一定有，去碰碰运气吧。

我们一同来到扬州古玩市场，这天刚好是星期天，人特别多，尤以外地卖家居多。想来扬州这边的行情有多好了，这是因着扬州深厚的文化底蕴和它特有的文化环境吧！

我与邬兄一起，两眼不停地扫视各摊点，寻找心中的小白玉鼠。找寻半天，两人已显疲惫，遂在一摊前坐下休息。邬兄是常客，与摊主们熟，他向他们打听谁摊上有小玉器饰件。本地一摊主告知，拐弯口有几位新疆人在卖玉器，可去看看。邬兄一听顿时来了精神，抢在我前头往新疆人摊位上跑，一边跑一边向我讲解：现代古玩市场古玉少仿品多，不如买新玉，早几年他淘到不少好东西，并将自己收藏鉴赏的东西写了一本书。我兴趣大增，买到自己称心的东西靠的是缘分和眼力，今天正好跟着邬先生后面历练。买古玩赏古董，靠的不就是经验吗？而这经验就是多学多看多赏玩。

来到玉器摊前，邬兄先与摊主聊天，我则仔细找寻小白鼠。新疆老板热心介绍他，玉器是如何好、美玉会给人带来福气等赞美词。我知新疆出美玉，儿时读《千字文》中也有"金生丽水，玉生昆仑"之说。新疆尤以和田玉价格高，其中羊脂玉最高、籽料高、山流水次之、山料更次之。上等玉，我不敢奢望，我仅想为儿子买一玉质生肖小白鼠作为纪念罢了。邬兄与摊主说话间，手上已找到一小白玉鼠。

但见此玉鼠长2厘米、宽1厘米、高1.5厘米，为晶莹白玉料雕成，雕工虽不精湛，但不影响我对它的喜爱。只见栩栩如生的小白玉鼠环绕在膝前，撒娇讨欢的样子，煞是惹人爱。古语说：玉不琢不成器，这不就寓意我儿子的成长需要我的精心雕饰吗？

经邬先生帮着讨价还价，我将玉鼠买回。回家后，我爱人用红丝线编织成一个一个同心结，将小白玉鼠穿上，并给儿子戴在身上。这样，儿子走到哪小白鼠就欢乐到哪。

玉是通人性的，有"通灵宝玉"之说。儿子幼小时，因小白玉鼠是立体形状，睡觉还有点影响，他常爱用手拽下。但现在，他戴在身上时间长了，却对它形影不离。我告诉儿子玉之五德，我还详解给他听，看着儿子专注的眼神，我欣慰莫名。儿子常用手摩挲着那只白玉鼠，说戴在他身上已和他融为一体了。小白玉鼠一天一天地成熟啦！

原载2010年9月8日《宜兴日报》

倾听音乐

夏日炎炎，长夜漫漫，我悠然自得地听完一首世界名曲，感受那流动的韵律，天籁的语言，忘却世间的烦恼，使身心得到放松。

喜爱听音乐的习惯是缘于20年前，我当时任单位团刊主编，在团刊上要介绍一些世界名曲，特别是贝多芬的《命运交响曲》，限于当时条件，本地买不到此类音乐盒，刚好我的朋友在上海学习三个月，我请他帮助购买，他跑了好几家书店和音像店，都没有，我请他再仔细找寻。

20世纪80年代中期，朋友从上海寄来一包裹，里面是我寻觅多日的卡拉扬指挥柏林爱乐乐团演奏的贝多芬《命运交响曲》，还有一套《辞海》分册，终于得到贝多芬的原版磁带和喜爱的工具书，我高兴得忘乎所以。

下班，一帮好友相约到我家，我拿出一盒音乐带，淡蓝色封面，封面上一个雕塑的阿拉伯数字5直升云端，英文书写着c小调第五交响曲《命运》，放入录音机屏住呼吸，听到那铿锵的音乐响起："我要扼住命运的咽喉，它不能使我完全屈服……啊！能把生命活上几千次该有多美啊！"这是一曲英雄意志战胜宿命论，光明战胜黑暗的壮丽凯歌，音乐语言精练，充满活力。我们虽不能全听懂该曲，但感到热血沸腾，讨论，发表各自意见，并在当年团刊上发表文章，此事虽过去若干年，仿佛就在眼前。

音乐给了我洗练，当年我听着《命运交响曲》，读着傅雷先生译著［法］罗曼·罗兰著的《贝多芬传》，使我读到伟大的一代神圣的形象，发现真正的人生原来并不是如此潇洒的。书中罗曼·罗兰的经典名句"没有伟大的品格，就没有伟大的人，甚至也没有伟大的艺术家，伟大的行动者"。我把它登在团刊上，许多人都摘抄在笔记本上，就是这本书，在我们好多人之间传阅，乃至再到我手中时，除翻阅得书角起毛外，一点没有油污、缺页、撕破的痕迹，可见当年大家爱书之情，我在书的扉页上写着"听命运之声，震撼心灵"并盖一藏书印，并将我所搜集到的有关贝多芬的剪报夹在书中。

翌年，我在扬州新华书店看到贝多芬《田园交响曲》原版磁带，立即被银灰色的封面上黑白的贝多芬画像吸引，特别是贝多芬那双深邃的目光，可以说是震撼了我，立即请营业员拿出，购下，生怕迟了就被人抢去。现在听音乐方便多了，MP3、CD、想听什么网上下载就行，可当年就不容易了。如果说，贝多芬的音乐大多是慷慨激昂而富于斗争性，但《田园交响曲》却是恬静、安详、抒情、幽雅、美景如画。《田园交响曲》是贝多芬代表作品之一，是标准音乐的萌芽。可以说，如果没有《田园交响曲》就没有标题音乐和交响诗。贝多芬："我愿证明，凡是行为善良与高尚的人，定能因之而担当患难。"这句话一直影响着我。

倾听音乐，感受生活，我陆续又购买了中国古典音乐系列磁带《高山流水》《怀古》《姜白石宋曲十八首》、孙道临朗诵的配乐《唐诗》等，伴随着音乐，我熟背了姜白石的词，听着孙道临朗诵的配乐唐诗，使我又一次温习了童年背诵的唐诗。

音乐使我在以后的生活中，学会了拼搏、坚韧、奋斗、宽容，使我的心胸开阔，当寂寞、痛苦、烦躁时我会让音乐响起，自己品味、感悟人生，获得快乐。

原载 2005 年 8 月 5 日《泰州晚报》

别有意趣的竹制文玩

　　我的家乡是江苏兴化东门，紧邻竹巷。竹巷里做竹器的人家很多，几乎家家门口都有人坐在那编竹篮、竹篓。我每天上学、放学都经过竹巷，因此对竹器制作过程十分熟稔。竹子早已融入我的生活，我童年的玩具大多也和竹子有关。一是竹子多，取材方便；二是现成的玩具也少，只好自己做。我们常爱用竹子做成水枪打水仗，用竹片做成风车、竹蜻蜓和竹弹枪玩游戏，用废竹头做成笔筒子，天天玩弄。因为热爱读书，也注定了我与竹制文玩结缘，我特别喜欢竹制文玩，有时自己也做些收藏。

　　我书柜上有若干文玩，其中一件竹制仙鹤，我十分喜爱。每当读写之余，我总要随手拿起文玩欣赏一番，借此放松身心。竹仙鹤有 17 厘米高，是利用一直径 3 厘米大小的小竹头做成。制作时，我先锯一段厚 1 厘米的空头，做仙鹤的双脚栖息之地，再取一根长 30 厘米、直径 0.2 厘米的小竹枝，用火烤弯成仙鹤的嘴和长颈。鼓起的小竹节，刚好做成鹤头。鹤身则为大小两块竹子上下交替而成，并用两块三角形的竹片粘贴左右。两根细长的鹤腿前后交叉，这是用小竹枝做成的。我再将鹤嘴、鹤颈、鹤腿漆成黑色，鹤尾涂少许黑漆，鹤颈上系一红色小绸块，做成的仙鹤栩栩如生，煞是好看。观此竹制文玩，一任我的思想随那仙鹤神游。仿佛一只飞来的仙鹤落在我的书斋中，给静谧的书斋平添了活力。有它伴我秉烛夜读，自有一番情趣。

我还自制了几把裁毛边书的竹刀。竹刀不宜用新竹，竹青之味太浓反而掩盖了书香。我喜用老陈竹，老竹放了一段时间后已无浓烈的竹味，留下的是淡淡的幽香。我取长 25 厘米、宽 15 厘米的竹黄，用刀削成月牙形竹刀，刀身前薄后厚，便于裁纸。刀口不宜太快，刀背要厚，以握在手中不戳手、手感好为宜。此时做成的竹刀不宜用砂纸之类辅助工具打得精细光滑，不然会少了一种原始的质朴。经使用者长期把玩摩挲，加之岁月的打磨，竹刀逐渐变得光滑，时间一长，也就形成包浆，方成为一真正的实用文玩。目前，我已自制三把竹刀，一把送给了喜欢毛边书的大哥，一把寄给我的师长，还有一把伴我裁读毛边书。

我的竹制文玩已有很多，但我还愿意抽闲动手制作一些，分送给喜爱它的朋友们。竹制文玩，是竹子本身的性格和制作者、使用者个人习性的完美结合。

原载 2010 年 12 月 15 日《宜兴日报》

春来更有好花枝

"元旦"一词最早出现于《晋书》："颛帝以孟夏正月为元，其实正朔元旦之春。"《说文解字》："元，始也。""旦，明也。以日见一上，地也。"意思就是新的一年又开始了，世间万物景象焕然一新。

我习惯醒来后放一曲古琴曲静静聆听，悠悠古琴，晨读静心；鸟语书香，清新自然。读书于我就是一种生活习惯，可以远离喧嚣，静静地享受阅读的乐趣，保持内心的平和。

坐在床上读读《蒙田随笔全集》。尼采："在我的精神里，或许还在我的肉体里——谁知道呢？——都有蒙田对离经叛道的爱好。有这么一个人写作，从而增加了世人对生活的乐趣。"有人问我：读什么书？我答：读自己喜欢的书。不妨先拿来读，你真正读进去了，可以不断地找寻你喜欢的作家作品和喜欢的典籍深入阅读，倘若读到书中引述的书籍，你不妨暂时停下手中的阅读，去找来书中引用或者提到的书，这样可以让你的视野更开阔，读书乐趣大增，如此这般阅读，相信你的逻辑思维能力也有所提高。

读书犹如吃饭，该怎么样就怎么样，一日三餐，吃饱喝足，看云听风，睡踏实了才不枉此生。尊重文字，尊重书籍；读有所悟，随感随记。积书品读，点滴絮语；敬畏文化，传承书香。

元旦，再回东门辐辏街区，陌巷箪瓢曲声缥缈；东皋胜湖文峰，东门辐辏我家。没事，走走老巷子，走在静谧幽幽的巷子里，心里踏实，感受那份烟火气，与熟悉的街坊们打声招呼。冬日暖阳，照耀在静谧的故里巷道；老巷子充满浓郁诗意，静静体味泽岸两边淡墨清香，令人心神荡漾，巷中传来悠扬婉转的抒情音符，让我沉醉其中。从老街老巷走出的人，承受祖辈父辈的教诲；规矩多，礼数多，天地调和，四时礼仪；老东门读书人的性格，依然存在老宅书声。在老巷的茶食店里买些刚出炉的拇指大的小芝麻饼，等着油锅里刚炸出的油端子，找寻的是儿时的味道；再来一块炒米糖，浓浓香味，盛碗新粳米粥，满室飘香。大自在皆因悟道深，生活中常常遇到一些人和事，有愉快有不快，在新的一年里，一笑了之。"如愿平为福，自得居之安。"其实，人生本没有那么多抱怨和看不惯的事，相遇时彼此尊重，懂得感恩别人的人，值得善待。与书结缘，甘于寂寞；文字之爱，诠释真挚。冷沁素雅芬芳冬日，以情执笔揉成诗行。太阳每天都是新的，我每天都遇见不一样的人与事，这就是生活。

老去又逢新岁月，春来更有好花枝。清晨，聆听古琴悦读，夜晚琴声伴我读书是我的生活习惯。茶禅一味，人生如茶；往事如烟，随风而逝。"一元复始，万象更新"是生机的开始，温暖的开始，希望的开始，"新"的开始。元旦是新年的第一天，翻开新的一页，意味着新的工作的开端和新一轮的生活开始。

原载 2021 年 1 月 1 日《兴化日报》

　　秋风起，蟹脚痒；稻花飘香蟹儿肥，正是吃蟹的好时节，兴化大闸蟹上市了。郑板桥有诗赞曰："半湾活水千江月，一粒沉沙万斛珠。"兴化的水资源为优质淡水螃蟹的生长提供了得天独厚的良好条件，所产大闸蟹具有"青壳、白肚、金爪、黄毛、博鳌、捷足"的特点

　　清代李斗《扬州画舫录》中记载：扬州城北的黄金坝为清代中叶最大的鱼市，其中有来自周边各地的螃蟹。"蟹自湖至者为湖蟹，自淮至者为淮蟹，淮蟹大而味淡，湖蟹小而味厚，故品蟹者以湖蟹为佳。"所谓"湖蟹"，也就是兴化一带湖荡所产之大闸蟹。清代扬州童岳荐《调鼎集》卷四中得以证明，云："蟹以兴化……湖产者为上。"兴化大闸蟹具有"青壳、白肚、金爪、黄毛、博鳌、捷足"的特点，脂膏丰满纯正、肉质玉白爽嫩、蟹黄晶红油润、入口鲜香溢甜。用清水煮熟，配以酱油、醋、姜、糖、胡椒、麻油、细葱等调料蘸食。

　　秋风飒飒，黄叶飘零，煽炉烫酒，金秋品蟹。蟹之味，自古就有

"四味"之说，"大腿肉"，肉质丝短纤细，味同干贝；"小腿肉"，丝长细嫩，美如银鱼；"蟹身肉"，洁白晶莹，胜似白鱼；"蟹黄"，色彩鲜艳，膏似凝脂，味道鲜美。郑板桥在《田家四时苦乐歌》中描述兴化农家在秋日"紫蟹熟，红菱剥，桃桔响，村歌作"，在《瑞鹤仙·渔家》中写兴化渔民捕捞的场景"蒲筐包蟹，竹笼装虾，柳条穿鲤"，又在《菩萨蛮·留秋》写道："留春不住留秋住，篱菊丛丛霜下护。佳节入重阳，持螯切嫩姜。"

赏菊吟诗啖蟹时，食蟹似乎是一件大有讲究的雅事。早在明代，能工巧匠们即创制出一整套精巧的食蟹工具。据明代美食指南《考吃》记载，明代初创的食蟹工具有锤、镦、钳、铲、匙、叉、刮、针八种。品蟹时备有一套"蟹八件"，蒸笼里的蟹蒸煮熟了端上桌，热气腾腾的，把蟹放在小方桌上，取蟹八件用圆头剪刀逐一剪下二只大螯和八只蟹脚，将腰圆锤对着蟹壳四周轻轻敲打一圈，再用长柄斧劈开背壳和肚脐，之后拿钎、镊、叉、锤，或剔或夹或叉或敲，取出金黄油亮的蟹黄或乳白胶粘的蟹膏，用签子剔蟹肚的蟹肉，或捅出、钩出蟹腿肉。再用长柄勺（调羹）刮下膏或黄，经历一番"垫、敲、劈、叉、剪、夹、剔、盛"取出雪白鲜嫩的蟹肉，取镊子剔除蟹鳃。一件件工具的轮番使用，一个个功能交替发挥，好像是弹奏一首抑扬顿挫的乐曲，此时取蟹肉舀作料而吃，余味无穷！

青荷盖绿水，芙蓉披红鲜。清代兴化前贤扬州八怪李鱓绘有《螃蟹图》"春晖夏草小河边，横行螃蟹本悠闲。清风无意惊芦苇，穿花惊影更翩翩。"郑板桥："八爪横行四野惊，双螯舞动威风凌，孰知腹内空无物，蘸取姜醋伴酒吟。""九月团脐十月尖"，这时的螃蟹最为肥美。兴化的螃蟹，产量大，吃法也多。可以清蒸，蘸姜醋吃；可以掏出蟹黄蟹肉，做成蟹黄豆腐；也可以一切两半，沾上面糊，炒熟后嚼吃；还可以做成醉蟹延长其食用期。

蟹在水乡是家常菜，炒蟹，将螃蟹用刷子刷干净，切成两半，将面糊粘上切开的一面，配上生姜葱佐以入味，鲜美爽口。蟹汪豆腐，清淡的兴化龙香芋加上蟹油蟹肉汪豆腐，金黄的蟹油，鲜美的蟹黄，片片雪花般的豆腐下锅一汪，香飘四溢鲜美可口蟹汪豆腐充溢了和谐的家的味道。

醉蟹，将购回的母蟹放置在竹篾篓中，悬挂在水中簖养20至25天，清除螃蟹胃内杂质污泥等浊物，以达到蟹内外清洁、无污染物的要求。用家酿糯米酒、精盐、正宗川椒等原料，经过约4周时间"簖养""干搁""修毛"等工序，即可启食，其色如生，其肉如玉，其味十分鲜美，可谓"色、香、味"齐全。"对兹佳品酬佳节，桂拂清风菊带霜。"更添蟹之味美。

古人云："漫夸丰味过蟛蜞，尖脐犹胜团脐好。充盘煮熟堆琳琅，橙膏酱渫调堪尝。"《世说新语》："得酒满数百斛船，四时甘味置两头，右手持酒杯，左手持蟹螯，拍浮酒船中，便足了一生矣。"

原载 2020 年 9 月 25 日《兴化日报》

角老菱

兴化昭阳十二景里"十里莲塘"位于兴化东城外以南、姜兴河以东、渭水河以西。这一带曾是一片无边无际的湖荡沼泽之地。生活在这里的人们，大多以捕鱼为业，同时利用浅水栽藕，深水长菱，并在露出水面的土墩高阜上种植瓜果菜和五谷杂粮。

兴化一带隶属吴国长达728年之久，沿袭了许多吴地风俗习惯。每逢夏秋之际，"十里莲塘"地带的人们便成群结队地撑着小船，划着木桶，一边采摘莲蓬、菱角，一边尽情唱起悠扬动听的吴歌《采莲曲》：风起湖难渡，莲多摘未稀。棹动笑蓉落，船移白鹭飞。荷丝傍绕腕，菱角远牵衣……这种一年一度盛大规模的水上采菱民俗活动，一直延续到明清时代。

兴化盛产老菱，菱生吃、熟吃皆可。夏末初秋开白色小花，或淡红色小花。花没入水中，长成果实，即称之为菱。菱分为二角菱、三角菱、四角菱、乌菱等，俗称为菱角，习称为菱芰。唐·白居易："菱池如镜净无波，白点花稀青角多。时唱一声新水调，谩人道是采菱歌。"

八月菱角、芡实上市。菱有青红之分。红菱色如玫瑰，鲜艳可爱。红菱均生食，又甜又嫩，脆似苹果。青菱煮食，味香，糯似芡实。煮菱最好用铜锅，其菱味最佳。从形状上，菱有两脚的丰菱，四脚的老菱，还有野生的，也是四脚，脚尖锐得很，但肉密实有粉，比其他菱香，但个头较小。每到角老菱上市之时，街巷里就传来了"老菱啊、老菱啊"的吆喝声。

下晚，老巷里由远渐近地会听到"滚热的角老菱啊、滚热的角老菱啊"的叫卖声，熟悉的人都知道，这是老东门人称为"凹脐子"的老人来了，孩子们会从家里拿着小篮子溜出去找他，有买的，他就停下来放下笆斗，只见他肩扛一只紫铜色笆斗，上面覆盖着一层棉布，略微有点驼背的他掀开笆斗上面的一层棉布，再翻开下面一层白纱布，从笆斗里拿出一碗将角老菱搋到篮子里，用秤称秤好结账。

刚摘下来的菱嫩甜脆鲜，一般将浮在水面上菱捞起生吃，将沉在水底的煮熟了吃。老菱的吃法有多种，菱要当天煮，一般生的菱，剥好壳取菱米用糖水浸泡后吃，鲜美可口；熟吃，用菱米烧小公鸡、菱米烧排骨、菱米红烧肉、菱米汪豆腐、菱米炒芹菜、菱米炒毛豆等；单炒菱米，做法是取垛上香葱、青椒，下锅用油清炒。

一种美味，是儿时的菱米味道；一份记忆，那是老巷深处的吆喝声——角老菱啊；一道美丽的风景，他就是昭阳十二景之"十里莲塘"。

原载 2020 年 12 月 4 日《兴化日报》

热粽子

　　兴化人，对于任何一个节日，都是提前就做准备的。像端午节，裹粽子可是重头戏。一进五月，菜场、街头，卖粽箬的就多起来了。粽箬总是十几张叠在一起，拦腰一折，一根金黄的稻草绕将起来，养在水里。

　　端午节前后兴化整个街巷里，没有吵闹声，偶尔有买卖的，也是早上七八点，巷子里方可听到一二声颇有节奏的吆喝声"热粽子，热粽子"，知道这是卖粽子的来了，想买就去叫一声"买粽子呃"，卖者就停下来掀开用棉袄包裹的热粽子，双方轻声细语完成买卖。

　　兴化人一直以楚人自居，兴化又被人称为"楚水""楚阳"，究其原因，乃是兴化人对楚国文化的认同和归属感使然。这种认同和归属，如若追根溯源，当然要追溯到屈原及其所代表的楚文化上。屈原对兴化的最世俗的影响，便是每年一度的端午节风俗习惯，粽子传说是为祭奠投江的屈原而传承下来的，是中国历史上文化积淀最深厚的传统食品。

粽子在春秋时期就已出现，最初是用来祭祀祖先和神灵。到了晋代，粽子成为端午节庆食物。李时珍《本草纲目》却说："糉，俗作粽。古人以菰芦叶裹黍米煮成，尖角，如棕榈叶心之形，故曰粽，曰角黍。"

兴化是"鱼米之乡"，有着丰富的自然资源优势，稻子生长期稍长，种植的水稻米粒饱满，晶莹剔透，柔软细润，浓香持久。兴化茫茫水荡，一望无际，芦苇摇曳，桨声笑语；水乡田间的芦苇青翠柔软的叶片随风摇曳，还散发出清新的香气。选粽箬叶有讲究，一定要用刚摘下的最新鲜芦叶，兴化人不叫摘芦苇叶，而叫"打粽箬"，打下的粽箬要赶紧用清水冲洗浸泡，不然会变味坏掉。裹粽前须将芦叶浸入锅里加一小勺盐，煮开 5 分钟关火，可以使叶子消毒并变得更有韧性。冷却后还要将靠芦秆的硬头剪去。

兴化人家包裹粽子用棉线来扎粽子或者用关丝草，在用前也用水浸泡，以增加拉力不易断，扎粽子就必须扎得很紧。大桶里浸着碧青的粽箬，旁边一淘箩掺了红豆的糯米和一个线团。取三四片粽箬，两个指头夹着轻轻一绕，一个三角的"壳儿"打好了。灌米，掭实，用余下的粽箬包裹，最后把粽箬尾子捻起来，环在最上端收口，左手拇指捏住收口，用嘴咬着线头，右手抹着线在粽子的周身捆扎，一只碧绿饱满有棱有角的粽子包好了，形状如三角。《随园食单》云："取竹叶裹白糯米煮之。尖小如初生菱角。"还有长方粽、四方粽、三角粽、枕头粽、龟背粽、秤砣粽、锥子粽等形状。

兴化人家会选用本地优质生态的黏白糯米，白糯米裹粽具有米浓香，黏性大，香气足，口感佳。还有的人家在黏白糯米中包裹进红豆、蜜枣、葡萄干、火腿等配料，用粽箬裹成红豆粽子、蚕豆粽子、蜜枣粽子，火腿粽子等。

要尝清香扑鼻的纯白糯米粽，一是刚出锅后品，二是凉后慢食，可以充分享受水乡兴化原汁原味的大自然的气息。有诗云："每逢端午献玉身，一份真情一寸心。可口非因香味美，身有正气誉乾坤。"品味水乡兴化原汁原味的大自然的气息。

兴化粽子种类繁多，选用兴化垛田间绿色生态种植，育出软糯沁香的五彩稻米，做出芋紫粽：食材选用垛田龙香芋与黑猪肉、紫米；绯白粽：食材取红豆、白米；汁青粽：选垛田青汁、绿米；桂墨粽：辅之龙眼、黑米；藜红粽：藜麦配上红米；椒黄粽：藤椒、牛肉加上黄米等色彩斑斓的粽子。等裹米蒸煮熟，清香四溢的柔软时光，充分彰显了彩米鲜味，更能守住健康的味道。

粽子又称"角黍""裹蒸""糍筒""不落夹""白玉团"等；古人端午吃粽子，有比哪个解下的粽子叶最长为胜的游戏，所以又有"解粽节"之称。旧俗射粉团：唐代皇宫中常在端午赶制许多粉团粽子，让人用小角弓去射，谁射中那只就吃那只。《开元天宝遗事》载："宫中每到端午节，造粉团角黍贮于金盘中，以小角造弓子，纤手可爱，架箭射盘中粉团，中者得食。"

"五月五，白糖粽子过端午。"吃粽子，快活不过的就是用筷子戳住粽子中心，然后在粽子的角边蘸些白糖慢慢品尝，享受粽子的甜蜜和美食的趣味。

原载 2021 年 6 月 11 日《兴化日报》

　　兴化垛上种植的蔬菜瓜果，是兴化人的"菜篮子"。兴化东门外菜行的货源主要来自兴化城周边的三十六垛，垛田种植的瓜果蔬菜分"水八鲜"（种植在水里的蔬菜）和"旱八鲜"（种植在岸上的蔬菜），而兴化小青菜就是"旱八鲜"之一。

　　兴化垛上的小青菜十分鲜嫩，乳白的茎上连着青翠的菜叶，叶面上还挂着露珠，拿近一点能感受清晨的微凉，仿佛还能闻到泥土的芬芳。小青（白）菜比较耐寒，属于直根系，根系分布浅，叶面柔嫩，蒸发量大，需要较高的土壤湿度和空气湿度；而兴化垛上优越的地理环境和土壤满足了小青菜的生长。

　　兴化小青菜俗称"连根菜"，生长期短，适应性强，产量高，营养好，味道美，是兴化人日常最为喜爱的美味食物。小青菜富含丰富的维生素、蛋白质、胡萝卜素以及钙、磷、铁、钾、钠、镁、氯等矿物质，具有清热解毒除烦、理气祛瘀、消肿消结、通利肠胃等作用，是集营养于一身的绿色蔬菜。

　　小青菜外观嫩绿显眼，吃起来的口感也很纯正。可以炒着吃，香菇炒小青菜。将小青菜洗干净沥干；将锅里菜籽油温热后，放入生姜米、葱花、虾皮和切成薄片的香菇炒3分钟，再倒入小青菜爆炒，待汤变稀稠盛出装盘就好了。小青菜也可以作为配菜来食用，兴化家常菜肴中有小青菜烧芋头，兴化垛田的龙香芋品质佳，取龙香芋去皮切片，改成条、丁成立方体，将菜籽油倒入锅里待油温热，把切好的芋头丁子放入锅中翻炒，稍许倒水大火煮沸后用小火焖一会儿，待芋头烧至九成烂，将小青菜放入，汤开见小青菜浮起，即可起锅，一碗清淡平和、味道鲜美的佳肴即好了。小青菜烧豆腐，兴化的豆腐细、嫩、白，味道鲜美，先将切好的豆腐块放入锅中烧开，然后放入小青菜，汤稠菜青，彰显清白之气，是兴化人的家常菜肴。兴化人爱吃的应时美味，当属河蚌肉烧青菜了，将小青菜洗净、沥干，待锅中油温放入生姜末、葱段与河蚌肉翻炒，稍许在锅中加入适量水，盖上锅盖用大火烧煮，稍许，揭开锅盖见河蚌肉汤稠浓，即放入小青菜一起烧，稍许即起锅，一道富有弹性、汤汁鲜美滋味浓郁的美味就做好了。

　　小青菜还可以做成"叽菜"（"酸齑菜"），五六月份的初夏时节，春菜已罢，而夏菜尚未应市，将小青菜采回后，择洗干净，待水烧开后下锅烫一烫，好后将菜捞起沥水，置于木桶中压实，盖上洗净的稻草把，最后浇上老卤汤，让它发酵一夜，第二天早上桶中之菜色变青黄味变酸。用"叽菜"可以烹制多种美味菜肴，家常菜里将"叽菜"清洗后下锅放入生姜米用油氽一下，倒入开水，将鸡蛋打到碗里搅拌后倒入汤锅中，还可用它做成"叽菜散花肉圆""叽菜慈姑汤"或"叽菜豆腐汤"。

　　兴化种植蔬菜历史悠久，独特的人文、地理、生态环境及其延续千年的农耕文化孕育了独特的兴化小青菜。

　　原载2021年9月30日《兴化日报》

生态兴化，醉美水乡；水润兴化，如诗如画。四季花妍，鱼米之乡；味蕾记忆，食在兴化。

明清时期，兴化商业已经繁盛到顶点，百姓已不再满足于日常餐饮，对饮食的要求越来越高，在餐饮制作上争奇斗巧，求精求巧，注重菜的品位和档次。兴化菜系有其明显的地方特色，其制作精细，炖、焖、煮、烧突出，讲究原汤原味，口味清淡，甜咸适中，充分利用水乡丰富的美食原料，传承本土饮食文化，兼收并蓄，发扬光大，使兴化美食名闻天下。

早餐是兴化人健康的美食体验，一盘烫干丝，取兴化自产百叶，切得细如发丝，堆成塔状于碟中央；配几片嫩黄的甜生姜，一把红艳饱满透香的花生米；干丝的顶上，雪一样白砂糖覆盖着，色香味俱佳。一碗阳春面：面有嚼劲儿、汤清爽鲜美！

一日三餐，烧粥煮饭，用优质的"兴化大米"烧粥，满锅飘香，满室氤氲成熟的香气，米粒闪着碎玉般温润的光，入口滑腻绵绵，糯软醇厚。粥，平和温润，可调和肠胃，延年益寿。陆游曾作一首《食粥诗》："世人个个学长年，不悟长年在目前。我得宛丘平易法，只将食粥致神仙。"

一碗米饭，质佳味美；那种幸福，慰藉家人。用兴化大米煮出的米饭具有"稻谷金黄，腹白小，硬质粒多，米粒饱满，晶莹剔透，柔软细润，浓香持久，口感特佳"等特性，并兼有南北大米的优势。这都得益于"兴化垛田"有着全球重要农业文化遗产特色资源，"兴化大米"荣获中国国家地理标志证明商标。

最普通的菜肴，无不是家人的美味。《舌尖上的中国》对兴化垛田龙香芋进行了详细讲述，肉烧芋头一时成了吃客心中向往的美食。兴化垛田龙香芋个头大、黏、香。肉呈白色，子芋少，椭圆形，肉质粘，糯而香，是特色传统无公害农产品。肉烧芋头，选用垛田龙香芋和本地猪肉，用料酒、姜、葱、老抽、盐、糖、菜籽油进行烹饪，味道鲜美，糯香扑鼻，口感滑爽，营养丰富，是一道美味佳肴。

河有万湾多碧水，田无一垛不黄花。菜花一开，此时的水产品便都很肥美。兴化青虾个体大，品质纯正，体色为青蓝色并伴有棕绿色斑纹，体表光洁半透明，青虾保持了野生青虾的优良特性，用兴化虾仁烹制的"水晶虾仁""龙井虾仁"博得中外宾客的一致赞誉。兴化醉虾，吃口异常清爽，轻吮褪壳，一只完整的虾肉滑入口中，既有生虾的鲜活之美，又有酒香充盈，加之调料相佐，丝毫不留生虾的腥气。

总有一种熟悉的味道，让您眷恋。兴化鱼产品丰富，烹饪方法多样。其中红烧鳗鱼，为宴席常备菜。兴化所产河鳗体细长，体背为灰黑色，腹部为白色，身体光滑，其肉质细腻、鲜嫩，营养较为丰富，经烹饪烧制后鱼段光亮，表皮完整，肉嫩味鲜，入口即化。

记忆犹如一座宫殿，他无时不让您怀念。品尝过兴化一品白条鱼的人，说到此菜的鲜美，总会忍不住称赞。一品白条鱼，选用兴化本地特色淡水白条鱼，将白条鱼洗净放入姜、葱、菜籽油、盐、黄酒、胡椒粉等调料烹饪。其特点肉质细嫩，味道鲜美。

稻花飘香蟹儿肥，正是吃蟹的好时节。兴化是"中国河蟹之乡"，被授予"中国河蟹养殖第一县"称号。"兴化大闸蟹"获中国地理标志产品。兴化市内湖荡密布，河道纵横交织，湖荡内水草丰美，为优质淡水螃蟹的生长提供了得天独厚的良好条件。清代扬州童岳荐《调鼎集》卷四中得以证明："蟹以兴化……湖产者为上。"兴化大闸蟹具有"青壳、白肚、金爪、黄毛、博螯、捷足"等特点，脂膏丰满纯正、肉质玉白爽嫩、蟹黄晶红油润、入口鲜香溢甜。用清水煮熟，配以酱油、醋、姜、糖、胡椒、麻油、细葱等调料蘸食。

古人云："漫夸丰味过蝤蛑，尖脐犹胜团脐好。充盘煮熟堆琳琅，橙膏酱渫调堪尝。"蟹黄豆腐就是取蟹黄蟹肉与豆腐同锅，将剁细的蟹黄蟹肉加适量淀粉，取少许姜汁搅拌均匀，放入高汤再倒入豆腐，加点鸡油，轻轻勾芡，撒上葱花，即可出锅。蟹黄豆腐不仅软嫩爽口，味道鲜美，而且色泽红黄，堪称是色香味俱全的美味佳肴。蟹黄本身营养很丰富，豆腐又中和了其蛋白质偏高的特点，而且富含维生素、钙等矿物质，是大众喜欢的菜肴，尤其适合于老年人食用，易于消化。同时它还有养筋益气，理胃消食之功效。

美味佳肴，需要辛苦精心地制作。兴化美食师法自然，返璞归真。具有600多年历史的童氏家族创办的"童德大"牌美味佳肴——中庄醉蟹其色如生，其肉如玉，其味十分鲜美，可谓"色、香、甜、咸、爽"

五味俱佳。1898 年，以兴化大闸蟹为原料生产的中庄醉蟹到南洋（新加坡）参加国际物赛会获得一等奖，中庄醉蟹由此名声大噪而誉播南洋，更是享誉海内外。"中庄醉蟹"现已列为江苏省泰州市和兴化市非物质文化遗产保护项目。

游在兴化，食在兴化。家乡独具特色的饮食文化，酿出浓厚的乡情。兴化沙沟鱼圆历史悠久，早在明末清初就已出名。原料是草鱼，因为草鱼的肉质白嫩并且刺少，营养丰富，其显著特点：一是细腻，二是鲜嫩，三是有韧性。制作出来的鱼圆形状圆，滑腻饱满、鲜嫩味美，外皮似金，内肉如银，极富韧性。吃起来鲜嫩爽口、油而不腻、风味独特，是美食中的上等佳肴。沙沟大鱼圆吃法多样，蒸、炒，烧汤、涮火锅，煮粥、煮面条都可以。因为它的外形寓意年年有余、团团圆圆的吉祥内涵。许多外地来兴化的宾客品尝过沙沟鱼圆，总是赞不绝口，少不了总要带上一些回去给亲朋好友分享。

天人合一，顺时而食。沙沟是莲藕之乡，以藕为原料制作的美味佳肴自然很多，原汁原味藕夹子的制作很简单，新鲜河藕洗净，切成片，两片之间夹上猪肉馅，夹上馅心后还要蘸一层干面糊，干面糊里也有文章，加了鸡蛋搅拌的，为最佳。将蘸好面糊的藕夹子汆入油锅中炸，一会儿，金黄脆香的藕夹子就做好了。

人的胃是有记忆的，因为兴化美食而记住兴化。来到兴化，尝过朴素美味的美食，自有切身的喜悦，并留在人的记忆深处。吃在兴化，玩在兴化；兴化的美食美景一定会让您流连忘返。

原载 2019 年 12 月 13 日《兴化日报》

端午晚，家人在"有滋有味"饭店团聚，喜欢这个店名，最普通的菜肴，无不是家人的美味。兴化菜系有其明显的地方特色，其制作精细，炖、焖、煮、烧突出，讲究原汤原味，口味清淡，甜咸适中，充分利用水乡丰富的美食原料，要烹出美的菜肴，都需要有一颗匠人之心。

黄烧饼又称千层饼，工序最为复杂烦琐，有好几道程序。首先是烫酵，接下来是揉酵，酵要千锤百炼，做的饼才酥松而有劲道，吃起来格外香甜，其次是包馅：馅有葱花、椒盐。讲究的人家会添些猪油渣子。最后是擀饼，这是所有工序中最富有音乐节律的，烧饼被擀得又圆又匀，撒上芝麻后，就是贴饼了，一会儿皮脆酥嫩的烧饼就出炉了。

家门口的烧饼店系夫妻店，生意特别红火。听男主人讲，他学做烧饼先是跟师傅后面学徒三年方出师，自己出来单做，他们店里早上除主打黄烧饼，还有麻团、开花馒头、桃酥等，我问他们这么多品种怎么忙得过来，他们说：天一亮就开始忙，各品种穿插进行。看他们夫妻分工协作配合默契。男的揉面，揉好掀到案板上，女人负责掐面团包馅，夫妻两人擀饼，有圆的、长的。圆饼是甜的、长饼是葱花的、长饼中间加两道口的是龙虎的，撒上芝麻然后将一个个烧饼摊在案板上再放入托盘中。

从小吃黄烧饼，大多是家人买回家后，我坐在家里吃的，偶尔去烧饼店买烧饼也是一买就走，今天细细观摩了做烧饼的过程，感受兴化这独特的烧饼制作场景。

我邑作家朱辉先生在其长篇小说《白驹》中，开篇就是描写的烧饼店的小伙计学做烧饼的经历，传统的民风人情总是让人难忘。

兴化人哪怕是手艺人也是读过点书的，况手艺也是凭的是对"匠"的敬重。兴化美食文化作为兴化文化的重要组成部分，一直在人们的日常生活中流转传承着。

2019 年 6 月 8 日

生态兴化，醉美水乡；水润兴化，如诗如画。四季花妍，鱼米之乡；味蕾记忆，食在兴化。

明清时期，兴化商业已经繁盛到顶点，百姓已不再满足于日常餐饮，对饮食的要求越来越高，在餐饮制作上争奇斗巧，求精求巧，注重菜的品位和档次。兴化菜系有其明显的地方特色，其制作精细，炖、焖、煮、烧突出，讲究原汤原味，口味清淡，甜咸适中，充分利用水乡丰富的美食原料，传承本土饮食文化，兼收并蓄，发扬光大，使兴化美食名闻天下。

自小因是独子，烧煮洗我爸妈自然不让我弄，成家后妻子贤惠能干，也不要我做家务。儿子大了，我爸妈年纪也大了。现在，礼拜日只要在家，我就会推掉一切应酬，居家用心烹制菜肴，为的是一份担当和味蕾的记忆，为家人烹制出味美可口的菜肴，尤其是看到我爸妈和我的妻儿吃到我烹制的菜肴，快慰，自是十分的高兴了。说到底这么多年来书不是白读的，文学即人学，生活就是艺术，艺术的体现不就是烹饪出的味美的佳肴吗？

谈到兴化的菜肴，兴化菜系是有着兴化本帮特有的风味，是有别于其他地方的烹饪方法。兴化菜，注重的是本土食材的"鲜活"，时节的风味，做法精细，讲究营养和味蕾的独特享受，宛如眼前这园中美景般如梦如幻。

兴化美食讲究食材与佐料的融合，五香红烧肉尤在于香料的搭配和熬制。有人说：红烧肉不就是慢慢熬吗？非也，火候与香料的渐次放入都是烧出美味的关键。

生活宛如烹饪，用心、细心、专心、诚心尤为重要，看朋友圈中一些人喜好转发别人公众号上文章，出手更改别人原创文章的标题已为常态，一是自以为自己比原作者水平高，二是商家巧夺别人文章为自己作嫁衣，从而达到吹嘘自己的目的。就如烹制五香红烧肉，食材、香料在这儿，经他们一搞，再怎么烧，恐怕就不是这个味了。儿时，我奶奶告诉我：一个饭店能否立足于餐饮文化传承悠久，老字号众多的老兴化城，开得下去与否，就看饭店的两道家常菜：一碗红烧肉、一碗阳春面。

说到红烧肉，自然会让人想到苏东坡，苏轼被贬到黄州，亲手制作红烧肉，并且将制作的方法和经验技巧记录到《食猪肉诗》，便有了"黄州好猪肉，价钱如粪土，富者不肯吃，贫者不解煮。慢着火，少着水，火候足时它自美。每日早来打一碗，饱得自家君莫管"的流传诗句。

居家烹饪，为情趣尔。要想烹制一碗色泽红亮、味道香浓、软烂滑润、肥而不腻红烧肉，用的是心，其做法：取牛角椒、花椒、八角用油煎炸，待油温稍微下降放入生姜、青葱，稍许待油温再次下降后放入焯好的五花肉，用凉水下锅，水开后把肉块儿煮五分钟，倒入黄酒、白醋、生抽、老抽，放入葱段、姜片、香叶，盖上锅盖用大火烧，用小火焖煮三四十分钟待汤渐少时，放入蒜泥，起锅盛到碗里撒上切好的香菜，盛到碗里用盖子盖上使其不变冷，这样保持水润鲜嫩的口感。

胡适先生：醉过才知酒浓，爱过才知情重。你不能做我的诗，正如我不能做你的梦。居家烹饪，注重食材的色香味，友人见我发在朋友圈的菜肴图片，留言："是菜，也是画；是食品，也是艺术品！"

朴素美味的美食，自有切身的喜悦。总有一种熟悉的味道，让您眷恋。人的胃是有记忆的，况读过的书，走过的路见过的人乎。

2019 年 9 月 25 日

风载书声出
藕花

　　昨日，寒意逼人，下午时分已冷飕飕；深夜醒来，左肩疼痛，忍着痛，上午继续做事。

　　前几天，微信加了一位本地人。他问我为什么加他？我回答：没有什么，因为他转发我编辑的文章。我自小受到的教育，别人对我一点点好我就要回报，故而加他并致谢意。

　　他说他喜欢书法，我生活在书香很浓的古城，小时候见到的老字号的店招匾额，都是一些好的书法范本。小城有：家有书画，不是俗人家的民风，我对书法自然很是喜爱，及长对书法更是钟爱有加。

　　寒斋存了些书画作品，得暇，赏读。"穆如清风"四字隶书，系李传周先生书赠，先生行草与隶书熔铸在一起，有着雄厚中的灵气，苍健中的活泼。先生的作品就是他品德、学问、才情和修养的形象化，艺术化的体现。此幅作品独树一帜，既严谨绵密，错落有致，又奔放洒脱，意趣天成，令人感受到磅礴的气势和激越的力量，既有阳刚之美，又不乏阴柔之秀。

读字读人，明德明理。我喜欢书画作者在专攻书画技艺的同时，应该多读点书。记得早年，我常在吾邑书画前辈魏步三先生画室玩，先生坚持每天读书临帖，我每次到先生画室，见到先生不是作画就是在读书，先生问我近来读的什么书，我一一作答。先生与我聊读书之趣，告诉我学习书画，除需要循序渐进地勤学苦练外，还要加强多方面的修养，也就是说，学书画还要在字外下功夫，要多读书。宋代大文学家、书法家苏轼有句名言："退笔如山未足珍，读书万卷始通神。"

我常读洪璞兄的书画，喜欢他在书画上的题款和他所写的随笔文字。前几天洪璞绘《岁月不惊》图，并撰文："岁月不惊，是因为对自然的浓情，是因为对家园的爱恋，一枝一叶，斜风细雨，无不是对生命的礼赞，对未来的憧憬。岁月不惊，是一份从容与坦然，是一份驻守与稔知，即便狂风暴雪，也愿相厮相守。"书为心画、书如其人。书画作者要情思、气质、个性、审美情趣和自己的看法，作品方能充溢书卷之气。

我这个人温和，不与人计较。孟子云："爱人者，人恒爱之；敬人者，人恒敬之。"想到那年在湖南株洲参加全国民间读书年会期间，到曾国藩故居参观，看到"肃雍和鸣"匾，此匾出自《诗经·周颂·有瞽》"肃雍和鸣，先祖是听"。

某次行走，在和谐号上，看到上车下车和遇到的好多是和我孩子大小的年轻人，他们背着旅行包行色匆匆，我注意他们就好像看到我的孩子在旅途，车外的世界在车上看到都是瞬间，生活又未尝不是。

我自小生活在兴化东门，这里镌刻着我欢乐的童年时光，在我记忆的心扉中，美好的少年时代读书生活，给留下了深刻的印象，对于过往的岁月，我尚知道些旧日物什及流逝的印痕。兴化金东门地区以繁华的东门外大街为轴从南向北分布着许多的小巷子，被称为"辐辏"。如今这些街巷依然存在着，那些曾经繁盛过的名字依然存在着。

我喜爱读纸质书也不排斥电子书，有人将电子阅读视为高效率的方式，我不以为然。读书是最快乐的一种生活方式，一种最享受的人生品质。敬畏文化，滋养心灵；富于笔墨，传承书香。

2019 年 10 月 28 日

我有一壶酒

前几年友人从天山回来，送我雪莲花让我泡酒喝，看到这傲霜斗雪，顽强生长的花朵，想到纯洁友谊。

尤记得某年的寒雪天，几位兄弟来我家小酌，我们同品雪莲花浸泡的酒，外面风雪交加，室内温暖如春；兄弟情谊，地久天长。此番此景，恍如昨日；情谊如酒，当浮一大白。

好友雅集，酒酣情浓；芦笛悠扬，最美家庭。字里相逢，兄长照拂；书香氤氲，文化传承。苏轼《临皋闲题》："江山风月，本无常主，闲者便是主人。"

读书读人，想起老辈人说："一个人的教养不是教出来的，是学出来，家教尤为重要。"孩子告诉我：他现在学的东西，比一般实习生多好几倍了，下一步就是拓展延伸。看到有的人有一颗不上进的心，他认为是不该。我告诉他：现在什么单位都有这个现象。你只管安心学点本事，再说学到真本领是自己的，学习还是靠自己。听了我的话，他有所感悟。

读书是最好的修行，杜宇兄微信"药能医病，书能医愚。（1947年，临潼的药房，兼售初小语文和常识课本）"。想起彭国梁兄为我题笺"大地当床书当枕，清风明月当佳人"。

人都是有感情的，好朋友是一天一天相处来的，以心换心就是真。

参加朋友雅聚，与许多难得见面的朋友们相聚，多喝了几杯，怕酒后断片，匆匆用手机记下点滴。心暖酒多，做人不可辜负，你陪我一程，我记你一辈子。

我平日随身常携《纳兰性德词》小精装本（上海古籍出版社二〇〇二年六月第一版），因其尺寸仅为手机大小，闲来翻读方便。读书其实就是一个生活方式和习惯，想读书，自家口袋里有，犹如喜爱酒的人携一壶佳酿，可品可尝，况书中日月长。

有人问我俗的话题，我告诉他，我们从来不俗，何来俗？那些没有来路的人，肯定会问我，怎么就俗的呢？

小范围的雅聚，温馨的似家宴的包厢，三五师友，话也投机，酒也尽兴，喝下的是情意酒。酒后，我会给往日里的兄弟现在又不在身边的他们去个电话，随便聊上几句，生命中的遇见和经历过的我是不会忘记的，在一起时快乐，不在一起时我惦记，这就是人生的经历。

一位年轻的朋友说她现在的工作总是在愁，今天做完了明天又将如何？我告诉她把今天的事做完就好，人没有必要忧愁，宛如在大海上愁何时能够抵达彼岸，在高山之巅问及什么时候能下山一样。生活总是面对未知，我又何必问结果。沏壶茶，坐下享受阳光的沐浴。想起唐皎然《寻陆鸿渐不遇》：

叩门无犬吠，欲去问西家。

报道山中去，归时每日斜。

《世说新语》"得酒满数百斛船，四时甘味置两头，右手持酒杯，左手持蟹螯，拍浮酒船中，便足了一生矣。"眼前浮现出兴化前贤扬州八怪之李鱓荷蟹图，板桥咏蟹诗，品读回味，想到人生和蟹之美味。

菊花开，闻蟹来。请朋友帮我买来螃蟹，与家人共品；我有一壶酒，足以慰风尘。

2019 年 10 月 30 日

明者处事

当清晨的太阳从海平面升起，窗外的阳光照耀了我的书架，躺在床上随意地翻读一本书，开启一天的生活。

一个内心光明的人，从他待人接物处事态度，言谈举止可以看出一个人的心理状态。阴鸷的人在阳光下总会暴露出其虚伪和轻浮的。生活中我见识过一些人，留给我的印象是不单缺少阳光，恐怕还是缺失的是教养。温塞特：要做一个襟怀坦白，光明磊落的人，不管是在深藏内心的思想活动中，还是在表露于外的行为举止上都是这样。

晨读姜夔词《亭怨慢·渐吹尽》：

渐吹尽，枝头香絮，是处人家，绿深门户。远浦萦回，暮帆零乱向何许？阅人多矣，谁得似长亭树？树若有情时，不会得青青如此！

日暮，望高城不见，只见乱山无数。韦郎去也，怎忘得、玉环分付：第一是早早归来，怕红萼无人为主。算空有并刀，难剪离愁千缕。

小时候，我父亲教育我要好好说话，因为这是教养；年轻时遇见各式各样的人，与人说话面带微笑，称呼别人用敬称您；随着年岁的增长，我给年轻的朋友讲道德文化，讲述传统的礼仪，讲做人的道理，首先是学会好好说话。人要葆有善心，坚守内心一片净土，生而为人，不要丢掉慈悲与善念。

要尊重每一个人，也不要轻易看不起和低估任何人。尊重别人，其实是在庄严自己。懂得尊重别人，也是一个人教养的最大体现。真正的尊重其实是一种平等，不仰望不俯瞰，不卑不亢。

想到生活中遇到的一些人一些事，碰到了，虽然稍有不快，但于生活也无碍。一样的生活，一样的感觉。仓央嘉措："除了生死，都是闲事。"

人与人之间本该相互包容，相互尊重，相互取暖。倘若缺失了教养，连起码的对师长的尊重也丢失了，恐怕就说不过去了。

儿子在家时，我们聊了各自所读的书，他会冷不丁地问我某某书怎么样，我说出我的看法和我当年读书的感悟，他总是理性地与我交流对一些人和事的看法。

做人要有趣，在有趣的生活中，感受生活的情趣。翻读《傲慢与偏见》简·奥斯丁（英）著王科一译（上海译文出版社一九八〇年六月第一版）。本是简·奥斯丁的代表作。这部作品以日常生活为素材，一反当时社会上流行的感伤小说的内容和矫揉造作的写作方法，生动地反映了18世纪末到19世纪初处于保守和闭塞状态下的英国乡镇生活和世态人情。这部社会风情画式的小说不仅在当时吸引着广大的读者，时至今日，仍给读者以独特的艺术享受。两百年来，简·奥斯丁一直拥有众多拥趸，受到狂热崇拜。简·奥斯汀《傲慢与偏见》：请你老实告诉我，你的心情是否还和四月里一样，我的心愿和情感依然如旧。

生活是烦琐的，唯有书让我清逸。前几天无意间翻到旧剪报，看到友人年轻时写的文章，读来清纯真挚，从文章中读到的是亲情、教养和书香。当读书成了一种生活方式，时间长了也就成了生活习惯。

庭前老树，护佑平安；前辈师长，真诚友善。

2019 年 10 月 31 日

晨起聆听古琴、阅读，琴声伴我读书是我的生活习惯。茶禅一味，人生如茶；往事如烟，随风而逝。张培元兄赠诗：

且听禅音乐，胜作假和尚。五蕴皆空也，一副闲心肠。

书香一片，写字自娱；抱朴含真，读书随心。好的写作者理当在阅读中加以提升自身的文化素养，从书籍中吸收养分。多读书、读好书；开启阅读的视野。只有加大对经典书籍的阅读，增强阅读的质量，方可以更好地提高写作的水平。开卷有学问，阅读就是一种修炼，书外有书，读书读人。除了读懂有字的书，更会用心去读人生这部无字的书。

昨日，友人来访，聊及当下所遇到的人和事，感慨万分。说到有的人会算计，在生活中算计着与人相处，将朋友当作可利用的棋子，每一步都按他计算好的来走，一旦用完就渐渐疏远。将生活当作一盘棋，把别人当作他棋盘上的一枚棋子。人生如棋，棋如人生；黑白世界，包罗万象。一盘棋局，都有属于自己的位置，棋要一步一步下，人要一步一步走。

我想起郑板桥先生的《满庭芳·赠郭方仪》：

白菜腌菹，红盐煮豆，儒家风味孤清。破瓶残酒，乱插小桃英。莫负阳春十月，且竹西，村落闲行。平山上，岁寒松柏，霜里更青青。

乘除天下事，围棋一局，胜负难评。看金樽檀板，豪辈纵横。便是输他一着，又何曾，着着让他赢。寒窗里，烹茶扫雪，一碗读书灯。

有人问我：读什么书？我答曰：读自己喜欢的书。不妨先拿来读，你真正读进去了，可以不断地找寻你喜欢的作家作品和喜欢的典籍深入阅读，倘若读到书中引述的书籍，你不妨暂时停下手中的阅读，去找来书中引用或者提到的书，这样可以让你的视野更开阔，读书乐趣大增，如此这般阅读，相信你的逻辑思维能力也有所提高。

有人说："尽信书，不如无书。"说这句话有个前提，是你真读书吗？读了多少书，又是些读的什么样书。读书是有选择的，读书更是与一个人自身修养品德相关。如你仅仅读些风花雪月，心灵鸡汤，如何经营人生等等之类的书。加之为人虚情假意，不踏实，那就不是简单地归纳为"开卷有益"，开卷与知行有关，浮躁与有益无关。

冬日暖阳，照耀在静谧的故里巷道，看到站立的石狮想到行走。米兰·昆德拉语："旅程无非两种，一种只是为了到达终点，那么人生便只剩下了生与死的两点；另一种是将目光投入沿途的风景和遭遇中去，那么他的生命将是丰富的。"

儿子在家，我们之间有了智慧的碰撞，我珍惜与孩子在一起的时光。我不羡慕别人家的孩子怎么优秀，我只想我与孩子在一起的时光，我知道我的想法是庸俗的，但是人性里最真的情怀。人生如白驹过隙，我辈理当珍惜经历的一切。

我喜欢胸怀坦荡，笑对人生。生活就是欢乐，有的人总看别人不顺眼，人没有必要看谁都不顺眼，情商低的人是可怕的，阴鸷的人会折福，最终影响到他自己和他家人福祉。

　　乔治·奥威尔：我注意到，许多人在独处的时候从来不笑，我想如果一个人独处时不笑，他的内心生活一定比较贫乏。

　　静坐书斋，把玩水盂；案几之上，砚田相伴。古人云："笔砚精良，人生一乐。"童年读图、少年读字、青年读山川江河湖海，这是读书人的传承，读与行并举。人生之路，深深脚印；遥远征途，分明可见。沙滩前行，足涉之痕；映在心灵，有容乃大。

2019 年 11 月 1 日

第二辑

笔底波澜

　　出生于著名"版画之乡"的广东画家卓曙先生源于对艺术的执着，一辈子爱鸡、藏鸡、画鸡，他家的"鸡"，墙上挂的，案头摆的，架上堆的，桌下藏的，栏里养的，粗略一算，至少有千余只。书画艺术界的人戏称他是"鸡痴""鸡呆子""广东鸡王"，他的书画收藏室也取名"鸡鸣轩"。

　　卓曙为何独独钟情于鸡？说来有趣，还有着一段情缘。卓曙初恋时，为了抒发喜悦的心情，精心雕塑了一对鸡，雌雄相依，相亲相爱，象征永恒的爱情。谁知鸡塑好后尚未上颜色，心爱的姑娘却抛弃他而去。他在痛苦中将一只雌鸡抛进垃圾桶，只剩下一只雄鸡灰秃秃孤单单地放在桌边。他母亲为了鼓励儿子从失恋中振奋起来，悄悄地为泥鸡涂上鲜艳的色彩，鲜红高昂的鸡冠，乌黑锃亮的鸡尾，并点上炯炯有神的眼珠，给人以"风雨如晦，鸡鸣不已"的形象。卓曙从母亲无言的慈爱中得到启发，振作精神，更为勤奋地习字，练画。后来，一位姑娘慧眼识爱上了他。真是天缘巧合，这位志同道合的终身伴侣，属相恰恰是鸡。从此，他便与鸡结下了不解之缘。

卓曙藏鸡、画鸡几十年如痴如醉，不遗余力。他的"鸡鸣轩"里藏有许多以鸡为内容的文学作品、饲养饮食、书画篆刻、集邮品、商标、剪纸、玩具、诗文（包括对联、成语、名句等）、趣闻、图片等一大批资料。在其收藏的鸡玩具中，有泥塑、陶瓷、竹、木、石、铁、塑料、玻璃、线、布、羊毛、纱等多种材料。人可储钱的泥母鸡、有泥哨鸡，有铁制会叫和能下蛋的母鸡，有卷削铅笔的塑料鸡、有可盛物什的竹编鸡等，真可谓多姿多，美不胜收。在卓曙丰富的鸡的藏品中，尤以陶瓷鸡为多，有大型的斗鸡、报晓鸡、一家子、母子情、小鸡和大蛋、摇乐鸡。还有一件意义深长较为少见的《鸡与蛇》（陶瓷工艺品），一块石头上面有一只雄鸡，下面是一场生与死、善与恶的搏斗。平时我们常见到"鸡啄蜈蚣"之类的艺术作品，很少见"鸡与蛇"的题材。从这里我们可以窥见卓曙广收博藏之一斑。

鸡是历代艺术家很喜欢表现的题材之一，且人才辈出，各具风格，异彩纷呈。要想有所突破，独具一格，确非易事。卓曙以鸡为师，长年累月地观察鸡，研究鸡，画鸡，形成了自己独特的艺术风格。他的鸡以神造型，以情动人，鸡我合一，力求无鸡无我，达到了意可痛禅的境界。他笔下的鸡千姿百态、富有情趣、呼之欲出，无一重复。他善于从日常生活中的一些普通情节与事物中，发掘美的神韵。通过鸡的昂首挺胸，朝天而歌，扒地觅食，相依相偎，喁喁私语……，唤起人们对生活的爱。为了反映时代的亢奋精神，他大胆运用多种艺术手段，得心应手地绘出神形兼备的鸡。当你迷恋其中，沉浸在艺术的氛围中，蓦然回首时，便会发现自己悄悄地被征服了。他画鸡，师法自然，巧中带拙，拙中见巧，吞吐古今，涉猎西洋，讲究情趣气韵，尽脱前人窠臼。

卓曙鸡画，强调以书入画，以线造型，将书法黑白版画运用到创作中去，重水墨，重气势，突出主体，淡化背景，以书代景，托物言志，以求一格，作品中带有深厚的思想内涵和艺术特色魅力。著名漫画大师华君武先生，著名画家、中央美院民间美术系主任杨先让教授，复旦大学教授杜召文先生对他一辈子藏鸡、画鸡给予了很高的评价。湖南省政协副主席徐君虎老先生题赠墨宝："鸡鸣天下晓，日出万山低（乾隆帝句）。"

在研究、创作的同时，卓曙很注重理论研究。他先后创作出版了《百鸡图》《动物版画百图》《人物、动物图案集》（与人合作）等，其中《人物、动物图案集》由青海人民出版社出版后，一销而空。他的作品先后被郑板桥故居、兴化市博物馆、南湖革命纪念馆、刘少奇纪念馆、屈原纪念馆及海外收藏家收藏，并多次在国内获奖，展销，编进选集，颇受好评。

原载《收藏》杂志 1993 年第 4 期

笔底波澜涌

真情

　　京城著名人物画家张骏先生，其画风质朴典雅，笔墨沉稳清新，人物造型灵秀生动，画风富于生活气息。其人与其画如出一辙。读其画作，如遇老友，酌山醪细品，可倾心交流，一吐心中郁气，清心悦目，大觉快哉。

　　张骏先生，1942年出生于河北省的一个小城镇，自幼迷恋绘画，读中学时就拜师研习水彩画，后从速写入手自学中国画。因曾在西藏生活了15年，故边疆的高山大河、风土人情给了他美的熏陶，更激发了他创作的灵感和创造美的热情。其笔下藏族风情和文人高士题材的人物画，往往融入他的一种所悟，是一种将形、意、法、趣汇为一体的感悟。师法自然，注重速写，使其笔下的人物飘逸俊秀，结构严谨，古朴而有力度；其作品多次入选全国美展。在拉萨、天津、北京等地举办过联展，并多次获奖。张骏先生还勤于笔耕和大量读书，摄取养分，发表了数万字的有关西藏壁画的论文、报告文学、散文及新闻作品。深厚的文学底蕴、丰富的生活积累，滋润了他的绘画创作，使画家的生活与情感的交融有机地结合在一起，形成了画家创作的个性美，其作品使读者领略到富于生活气息中最深刻的灵秀生动的感受，捕捉到人物内心情感世界的细微变化，其画作的厚实、深刻的艺术美，源于单纯、质朴的自然美。只有画家用爱心去发现生命，才有可能塑造出具有生命的艺术作品。

张骏先生系中国美术家协会、中国装帧艺术研究会会员、中国报协集报分会常务副会长，北京中山书画社、名人协会中国书画研究院首批成员，中国当代诗书画研究院常务理事，公安部老年书画会顾问，山东中华民族文化艺术研究所顾问。其艺术传略已载入 10 余部辞书。我们欣赏张骏先生的人物画，从中可领略到其笔下高士至刚、至大、至坚、至毅的风采，使观者深深陶醉。特别是以古诗词中的人物、意境创作出的人物画更具魅力。《采菊图》活脱脱地将一个"采菊东篱下，悠然见南山"的陶渊明安贫乐道、恬然潇洒、淳朴率真的性格风神刻画得跃然纸上，如诗如画，令人悠然神往。《吟秋图》《邀月图》把辛弃疾、李白两位诗家刻画了了。画家行笔刚健激烈，点线蕴含凛然正气，仿佛使人看到诗人那种气宇轩昂、慷慨陈辞，为国为民的忧愤之情。《紫气东来》铁拐李造像，将一个阅尽人间疾苦，却始终关注世情、人间万象、社会生灵的大仙的意境笔笔升华，给人以极强烈的感染。此作结构紧凑，丝丝入扣，用笔洒脱，笔法强悍粗犷，人物有情有神。画家在把握传统技法的同时。果断地揉入速写基因，形成了奔放、流畅、自然、秀雅的线条语言，并基于此完成了瞬间捕捉时的情感定格，使作品更具有生活性、现实感、理念性。《弄潮》运用极深厚独到的水墨技法，将时代的强劲音符挥洒纸间，表现了人物的追求，诱发了创造美的激情。我们从中可领悟到画家对艺术的精湛之处和对生活的诠释，谱写出一幅时代潮的气息，引发人们对生活无限美好的向往和憧憬。这种美的意境，已非同于一般的画作所表现的，而是画家与人民息息相通的情感的表现和对生活的挚爱。先生曾为我书斋作一夜读图，一盏青灯如豆，一卷在手，展卷阅读。画中人物是那么专注，仿佛已陶醉在书中的世界里。挑灯夜读，是读书人绝好佳境。此画一直悬于我书斋，日日伴我夜游书海。

张骏先生是一位尽职的新闻工作者和一位勤奋的画家，他同时又是一位痴迷的收藏家。在繁忙的编务和绘画之余，他还醉心于期刊创刊号的收藏，迄今已收藏有八千多种万余册期刊创刊号杂志，如解放前的《每月科学》《愿望》，新中国成立初期的《速记月报》《学科学》以及中国香港、中国台湾、日本等地的稀有创刊号期刊，成为收藏界一绝。张骏说，玩物可以养志，集藏能够补业。报刊收藏，岁月如歌。自己在事业上能有所进取，在很大程度上得益于有目的地集藏活动。张骏先生近年来在报刊上发表有千余件美术作品，有的被收入大型画册；出版有十余部连环画册和儿童读物；其人物画被各大纪念馆和收藏家收藏，其作品流传到海外，他常被邀请到各地指导画作，成为书画界、收藏界著名的人物画家和收藏家，受到一致好评。

原载《中华时代》

雅厚雄深
氤劲松氲

认识李劲松是 20 世纪 80 年代末，那时他刚从南京艺术学院工艺美术系毕业分配到兴化文化馆，我见到李劲松时他正专心致志地在一小块石头上雕刻人物，因为太专心于创作乃至手指上磨出的血已沁染到他雕刻的作品上，他浸淫在艺术中与作品交融在一起的那种有着鲜明个性的艺术家形象一直烙在我脑海里。

以后与李劲松交往渐多，读到他造型逼真，线条凝练，意境古淡的画总有一种令人沉醉其中，流连忘返，雅厚雄深之气扑面而来。

李劲松自幼受其父亲影响，酷爱书画，迷恋丹青。1984 年入南京艺术学院美术系国务院学部委员会委员、博士生导师刘汝醴先生门下，修习《西洋美术史》，后又拜扬州画院薛锋教授为师，学习《中国美术史》，其绘画理论知识水平逐渐提高。1986 年辞去工职报考南京艺术学院工艺美术系美术师范专业，在校期间经诸多名师指点，画艺渐长，并获《刘海栗奖学金》。1988 年《新华日报》《南京日报》记者对他进行了专访，且就毕业作品《羲之临池图》给予高度评价。1988年毕业分配到兴化市文化馆，从事群众美术摄影辅导工作。同年，国画《佝偻承蜩》获得江苏省群文书法、美术、摄影作品展铜奖。国画《板桥道情图》入选全国"群星奖"。2001年国画《大棚妹子》入选第六届全国年画展，并由江苏美术出版社、江苏电子音像出版社出版发行。应邀在江苏卫视《家有宝物》栏目中专题介绍"扬州八怪"代表人物郑板桥，在浙江卫视《亚妮访谈》栏目中专题介绍郑板桥和"板桥道情"。2002年随泰州市艺术家代表团去欧洲访问交流并在芬兰科特卡市举办了"三人中国书画作品展"作品《钓徒》为该国收藏，一时间产生了不小的影响。

读李劲松的画作常让人感到他刻画的人物与现实、古与今、物与我交融在一起，营造出古雅幽深的艺术境界，读出他酣畅淋漓的笔墨表现力。他创作的《板桥道情》是缘于他将有声之音律《板桥道情》变为无声之绘画《板桥道情》的冲动。1988年他花了半年的时间搜集整理资料，谋篇布局，锤炼主要的线条，营造意境，塑造出板桥先生的傲骨亮节、压抑心态和遁世的文人情怀的人物形象，表现出一种平民的倾向。这幅画他选用人物偏向左下角的手执渔鼓、简板之势，用黄色的古绢体现其沧桑之感，整幅作品采用现实主义和浪漫主义相结合的表现手法，将现实之板桥和《道情》原文以及所叙形象进行了有机的结合，工整的画面透析出深刻内涵和强烈的视觉冲击力，让人一目了然、浮想联翩，力现作者的审美追求。他捕捉人物在不经意间的动作和表情，用简洁的笔墨传达出其独有的风神与个性，使其成为特定情景中的唯一的"那一个"。一切是那么亲切，又是那么与众不同，会心之处，实难尽言。《板桥道情图》一经问世，受到了许多观众和媒体的关注。1998年入选了全国第八届"群星奖"，并先后被中央电视台拍摄的专题片《世俗的情怀》和《历史长河美术篇》录用，且分别在该台的一套、二套、四套、十套播出。

如果说李劲松的线条锤炼主要源于他的艺术积累和勤练的功夫，那么崇尚自然淳朴的意趣，人物意境的营造则是他艺术才情的体现。在平凡中营造神奇，化腐朽于造化，于生活中突出细节，清秀中见大气，细末中见磅礴。《消闲图》将秋日里手执轻罗团扇的红衣少女与挂在树枝上的笼中鸟的喁喁私语刻画的细腻传神，画面中的老树、少女、小鸟构成了独特的秋语图，《三义图》我读到他从色彩到水墨运用的老、辣、干练。画面中人物心理个性表达之准确是画家经过慎思几经易稿后方下笔的。《临风》人物语言简练，色彩运用娴熟，笔墨传神，让读者会意处得到美的享受。《大棚妹子》中天人合一，景物交融，此作是他根据在农村采风时的速写创作而成。成片的大棚、以形传神地将农业科技的发展给农村带来的新变化表现出来。画家对动态画面的描摹将六位形态各异的充满朝气的大棚妹子的内心刻画出来，彰显了她们的个性，产生强烈的冲击力，信息的巧妙结合，都体现画家关注时代的独特与用心，寓意深远。《风潮》是画家对现代的都市青年的写实，画家在这幅作品中线条和色彩的运用亮丽鲜艳，红、蓝、黄、黑、白并成强烈的视觉效果，出手不凡。将时代风潮中的都市青年张扬的个性，青春激昂的旋律和生命的动力尽显。作品中人物个性鲜明动感十足，配以长款字，使整个作品故事情节准确，画面沉稳、灵动、飘逸更有韵味。图文互补，图中的形象有次序有变化，给视觉以独特的悦目。雕塑《郑板桥》将板桥先生的"民本思想"、丰富的阅历，加上他对清王朝民族压迫政策敢于抒发愤世嫉邪之情，直抒牢落不平之气表现出来，作品具有强烈的震撼力。

氤氲于书画创作的李劲松现为江苏省美术家协会会员，中国乡村田园画会理事，全国卫生书画协会会员，泰州美术家协会理事，泰州书画院特聘画师。郑板桥学术研究会会员，兴化市美术家协会副主席，兴化市郑板桥书画院院长、兴化市文化广电出版局副局长。他在艺术的道路上孜孜以求，不停地探索、创新，他十分注重书画创作的理论研究，他撰写美术的论文《小品画：巨幅之外的另一种潮流》《领异标新二月花——程十发书法艺术赏析》《试论中国画的创新》先后发表在《书与画》《中国书法》《中国大画家》等专业美术刊物上。

原载 2014 年第 4 期《稻河》

秀叶疏花见姿致

　　历来学板桥形似者众，形神皆备者微，邹昌霖所画的兰竹石作品内敛中有外放，浓淡相宜、疏密得当、墨韵生动，融自家功力于其中，做到以书为画，令行家大为赞赏。

　　认识邹昌霖 30 多年了，他书法四体皆能，尤工篆隶，篆刻初以汉印为宗，继习古玺以及明清流派印章，化古为今，数十年寒暑不辍，作品力求古朴典雅，宽博从容，作品多次刊载于《书法》等专业报纸杂志。国画以乡贤郑板桥先生为楷模，对郑板桥的书画心追手摹，对变化多端的板桥体书法——六分半书，对于千姿百态、气节高远的板桥竹苦苦相恋。所作兰竹石图无不以体现板桥先生的人品气节为宗旨，力求形神兼备，深得板桥三昧，于继承中有所发展。他创作的书画印在泰州书画界小有名气，而使他声名远播的却是所学习的板桥书画作品。邹昌霖所习板桥风格的书画作品的成功也缘于他的爱人郑庆华。郑庆华乃郑板桥第七世后裔。世间好多事，俱讲缘分，也许注定了这段姻缘，让郑板桥的后人与爱好板桥书画的邹昌霖结合，使板桥书画品在其家乡得以传承吧。

"朱文小印人千古，二十年前旧板桥。"启功先生的诗句是邹昌霖常吟读的，犹记他当年他初学画竹的场景，那时的他也只是喜欢板桥的兰竹画，偶尔看到的印刷品上的板桥书画作品总是反复研读，苦于板桥书画真迹难得一见。1992年底，邹昌霖因书画特长被借调到兴化市郑板桥纪念馆工作，得以接触到板桥先生的相关资料，初见板桥先生真迹时那种激动让他难以忘怀，从此心有所属，与板桥"兰竹"结下不解之缘。对板桥的人品和思想有了更深的认识。在纪念馆馆藏室多次观摩和亲睹板桥一幅幅乱石铺街的六分半书和傲骨劲节的兰竹石图真迹。也更多地搜罗到板桥书画的资料，反复学习，悉心揣摩，仔细观察，潜心研究。板桥先生的竹"多不乱，少不疏，脱尽时习，秀劲绝伦"；兰竹用焦墨挥毫，以草书撇法画之，所谓"板桥写兰如作字，秀叶疏花见姿致"。板桥的书法以楷隶为主，兰竹则使用中锋和侧锋笔法。板桥的六分半书，别致，其特点是：以楷、隶为主，糅合楷、草、隶、篆各体，并杂入兰竹笔意，其用笔方法变化多样，别开生面，前无古人。邹昌霖在隶书和碑帖上下过苦功，对他学习郑板桥书画有了好的基础和帮助。加之心中的那份板桥情结，使他转向学习和创作板桥兰竹石书画作品。海上书法家、作家李福眠先生观赏到邹昌霖书《贺自牧先生六十初度》的作品后点评其作"法书隶行，穆然清活"。

　　为了能更好地学习郑板桥的兰竹石画，他不分寒暑，乐此不疲，五年多画了近二万幅板桥风格的书画作品。2002年3月，范县郑板桥纪念馆落成前夕，馆领导慕名专程来兴化市郑板桥纪念馆收藏了邹昌霖画的三十幅兰竹石书画作品用于纪念馆展厅陈列。2003年，著名书画家、郑板桥书画研究专家、八十高龄的田原先生，看了郑板桥纪念馆临摹的板桥书画，赞叹"酷似，简直跟真迹一样"。同年10月，北京故宫博物院古字画研究所一位研究员，在兴化市郑板桥纪念馆看了悬挂的兰竹石图，大为赞赏，得知出自邹昌霖之手时，很是惊讶，取下一幅竹石图仔细观看……兴化市郑板桥纪念馆、"扬州八怪"纪念馆等都有邹昌霖创作的板桥风格的书画作品，用于陈列、出售。邹昌霖的内心快乐着、兴奋着，他的作品被承认，说明个人兴趣已转化成社会财富。

著名画家徐悲鸿评价郑板桥先生："板桥先生为中国近三百年来最卓越人物之一，其思想奇、文奇，字画尤奇。观其诗文及书已，不但想见高致，而其寓仁慈于奇妙，尤为古今天才之难得者。"坚持是最好的学习，三十多年的寒暑更迭使邹昌霖创作的板桥书画作品日趋成熟，书画作品中除了传承板桥的风格之外又有了自己的思想，给所作兰竹石图赋予了新的风格，画面的构图，用笔、用墨、用水有了独立于板桥之外的新的构思，在继承、发扬传统的基础上又赋予新思维，与时俱进。板桥《竹石图轴》题云："盖竹之体，瘦劲孤高，枝枝傲雪，节节干霄，有似乎君子英气凌云，不为俗屈。故板桥画竹，不特为竹写神，亦为竹写生。瘦劲孤高，是其神也；豪迈凌云，是其生也；依于石而不囿于石，是其节也；落于色相而不滞于梗概，是其品也……"有人说邹昌霖所画的"兰竹"图相对于板桥的画"几可乱真了"，岂是"乱真了"？他以为其实"不真"，亦不能"真"，"学我者死，似我者生"，其实学习板桥书画的最好方法不是学其表面的东西，而是学习他对书画的理解以及那种开拓性的创造精神，于是在他的画中更加强了水墨的变化，更注重画面的留白，也常用现代书画的创作方法，如空间的构成等方法使画的内容更加丰富而有变化，用笔趋于精致，题款则是学习板桥的方法大段文字穿插于画面间，书就是画，书融于画，真正体现了板桥先生诗书画一体的书画创作思想，学其法，得其意而又加以变化，最后归他所有，这方是传承板桥书画的精髓。

历来书画家都很重视学识修养，因为书画印是一个人学识的体现。林散之说过："字有百病，唯俗难医，多读书方能医俗。"邹昌霖在丙申春日雨后写竹有感："中国笔墨是一个神奇而极富东方韵味之艺术，手法就其使用之工具言：有宣纸之属性，生熟之分；有毛笔之刚柔之别，如毫之狼羊；有墨之油烟、松烟之变化，更有传统文化之滋润与绘者情趣之高下，性之所至皆有佳构。午后雨中，砚中有残墨，案头有宣纸，趁手毫颖执于手中，目视素纸，如构棋局，浓淡枯焦，短长肥瘦，横涂竖抹，粗头乱服，到也异于平常风格，顿有所悟，所谓艺者有意求变则不能变，于法外求新，于法中趣。乡贤板桥有题画句云：意在笔先者，定则也，趣在法外者，化机也，岂独画之云尔哉。"

　　那日到绿筠轩主邹昌霖兄处小坐，出示笺纸请其画笺，昌霖兄接笺纸挥笔点画，手腕轻转，手中的画笔在宣纸上游走，以形写神。谈笑间已画毕一幅幽兰图，遂题文嘉咏兰诗于笺纸上："幽兰奕奕吐奇芳，风度深林泛远香。大似清真古君子，闭门高誉不能藏。"复又画三兰，分别题："瑶池撒落神仙种，深山独藏隐士香。""逸韵自宜骚客佩，幽香合谱圣人琴。""王者香空谷里，采得之赠知己。"有兰再画竹，一会儿，四幅气韵生动的竹子便跃然笺纸上，整个过程灵韵生动。且看四幅笺纸上画竹题款：李方膺题《潇湘风竹图》"画史从来不画风，我于难处夺天工。请看尺幅潇湘竹，满耳叮咚万玉空。""一阵狂风倒卷来，竹枝翻回向天开。扫云扫雾真吾事，岂屑区区扫地埃。""拟将一段鹅溪绢，扫取寒梢万尺长。""直干千秋无委曲，儿孙个个总成龙。"八张笺纸兰竹各半，实为清心忘我。我赞：昌霖书画，随性自然；笔下挥洒，墨写兰竹。日积月累，功力自现；崇贤敬德，遐迩闻名。绿筠轩中，铺笺挥毫；兰芳叶劲，扫取寒梢。

　　观昌霖兄书画，如聆听古曲，细致的品位，浅浅的感触，忽而走上小桥指点远景，忽而似见河中船夫点篙划桨而来，又似走在青石板的老巷中，茶语清心，不亦快哉。

　　与昌霖兄自小就熟悉，少时他治印，我在一旁观看，我认为邹昌霖于印学上用功最多，成果非凡。当年他为了学篆刻，自己制作了许多治印刀具，进行大量的临摹和创作，他为刻好一方印，一次次反复揣摩，手指上的皮磨破了一层又一层，最后不得不用胶布裹着手操刀篆刻，单治印所用的石料就有数百方，勤奋的学习使他的印学创作进步很快，篆刻作品被《扬子晚报》刊用，先后为著名作家贾平凹、书画家赵绪成及国内一些名家治过印，得到好评，从中也体会到创作成功的乐趣。我之印鉴大都为邹昌霖兄早年为我治，朱杰先生观赏到昌霖兄为我治"积树居鉴藏"印章后，评论此印"惜白如金，最好的，一颗邹印"。

邹昌霖现为江苏省书法家协会会员、泰州市美术家协会会员，泰州市花鸟画研究会理事，扬州八怪书画院特聘画家，兴化市书画院副院长，兴化市政协委员。作品参加省市书画展览并多次获奖，《中国文化报》《书法》《中国故事》《关东学刊》《兴化论坛·郑板桥纪念集》等报刊做过专题报道。作为郑板桥书画的传承人，他继承了板桥书画的文化传统，其创作的板桥书画作品得到社会广泛认可，曾受邀参加中央电视台大型文艺节目，展示他独特的板桥书画艺术。邹昌霖创作的板桥书画作品现在在全国范围内产生了较大的影响，所画兰竹石图长期陈列于兴化市郑板桥纪念馆、河南省范县郑板桥纪念馆。他创作的板桥书画作品因为清新典雅和其独特的板桥书画流韵，引得海内外友人向他求画，他所作的板桥风格的兰竹石书画作品远涉重洋，多次被我国台湾地区以及日本、韩国等国的友人收藏。

邹昌霖传承郑板桥的文艺思想并弘扬了板桥书画艺术，他的作品也成了板桥故里兴化对外交往的一张新名片。

原载《稻河》2019年第3期、《泰州日报》2020年12月21日

手画心摩爱
不休

　　艺术的伟大意义，基本上在于它能显示人的真正感情、内心生活的奥秘和热情的世界。——罗曼·罗兰

　　兴化籍诗书画家赵钲先生，以诗、书、画作为自己艺术追求的至高境界，历经半个世纪的书画艺术探索过程，因缘际会，师从兴化画猴名家乔惟良，是徐子兼再传弟子，加上他秉承家学，勤勉多思，成就斐然，有"江南猴王"之美誉。

　　我早年读到过赵钲先生的书画作品，并随几位先生一同到过先生的画室，听先生们聊所读之书，欣赏书画创作的愉悦。近年来常在网络报刊上读到先生参加诗书画活动和展览的报道，欣赏到先生格调高雅、意蕴深厚的佳作，倍感亲切，心想找机会与赵钲先生叙谈。

　　2018 年 3 月 17 日，魏新义兄来电话说："赵钲先生回乡，邀我一聚。"世上的事皆是缘定，想什么就会实现。我随新义兄一同拜会赵钲先生，赵钲先生与我见面的第一句话就说"晓铭，我等你们来"，听

到地道的兴化话，自然亲切。先生睿智清癯，儒雅谦和，礼让我坐在椅子上，他自己坐在凳子上。我们彼此谦让，拗不过先生一番好意，落座后，我就先生童年蒙学、少年读书、青年问学经历作了访谈。

赵钲先生的祖籍是江南的句容，明代始迁祖赵允常为避兵祸北移到江淮之间的兴化。从他曾祖父赵璜（字仲辉）始，至其祖父赵德斋（名智崇），"诗礼传家远，簪缨衍庆隆"。出身于书香门第的赵钲，受家乡先贤的熏陶、家庭文化的氤氲，童年时代就背诵了范仲淹的《岳阳楼记》、欧阳修的《醉翁亭记》、王勃的《滕王阁序》。说到这段童年读书经历，赵钲先生说："当年都是借姐姐的中学课本阅读背诵，小时候记忆，一经背上，一辈子也忘不了。"说到读书，赵钲先生印象特别深刻的是，他十岁时的一个夏天，中午饭后，他坐在地板席子上背书，读的是司马迁《史记·滑稽列传》：谈言微中，亦可以解纷。文章中淳于髡说之以隐曰："国中有大鸟，止王之庭，三年不蜚又不鸣，王知此鸟何也？"最有名的一句话是："此鸟不飞则已，一飞冲天；不鸣则已，一鸣惊人。"天热午困，他竟然睡着了，线装的书压在汗津津的背下，毁坏得不成样子，醒来后，不敢给父亲看。他的父亲没有责备他，找来毛边纸，花了几个小时，很仔细地将残叶修补整平。此事，年幼的赵钲受到铭心的教育，不仅很快背上这篇古文，同时也知道如何爱惜书籍。

赵钲先生的家学深厚，先生的祖父赵德斋先生是晚清秀才，曾在扬州坐馆教书。大伯赵君愚，大学毕业后在北京市政府交通运输部任职，新中国成立后被聘为中央文史馆馆员；二伯赵君晦旅法勤工俭学，里昂大学读书，后转至比利时专攻哲学，获鲁汶大学哲学博士学位。1934年回国后，先任北平辅仁大学教授，后至上海任震旦大学教授；三伯赵君豪，1926年毕业后入上海《申报》社任记者，颇得史量才青睐，后升为副总编辑。1949年到中国台湾后任《新生报》社社长，编著有《南游十记》和《旅行杂志》等书刊。赵钲先生的父亲赵君迈先生默默躬耕于教育事业。良好的家庭教育，让孩提时的赵钲就迷恋上读书绘画，喜欢上花卉、虫鸟。15岁时，正式拜清末民初画猴名家徐子兼的传人乔惟良为师，一心画猴。乔先生师承徐子兼，在江淮一带很有影响力。赵钲说：我的老师是绝顶的聪明，他琴棋书画样样精通，他画的猴子继承了徐子兼的方法，就是定毛的方法，半工写，把毛质感表现出来。

赵钲于1980年到扬州上学师从王板哉，1984年考入苏州市工艺美术大学，师从张继馨。1990年到南京工作，师从陈大羽、李味青等名师，潜心花鸟画创作50年。走出去眼界更为开阔，画法也多次变化。他说：凡是有猴出没的地方，我都去体验，写生。我住的南京家门口小红山动物园更是我常去速写猴子的好地方。积累有数十本的速写，存有上万只灵猴的动态。所以一闭上眼睛。就仿佛看到猴在眼前跳跃或争王打斗，觅食摘果，跳跃嬉玩，千姿百态。站在洁白的宣纸前构思，纸上也现出猴的姿态。我画的猴子，画猴的方法也创新，接触到全国的大家以后笔墨就放开来了，我就是用大写意的方法来表达猴子的千姿万态和变化特点。步入花甲之年以后，我把一生的经历，人间冷暖融进猴画里。画中猴更加人性化，如夫妻恩爱、母爱无疆、喜获佳果，把爱怜、温暖、慈祥、淡泊、安闲的自我感情化到猴的动作中、眼神里。

好的家风可以传承好的品行。赵钲先生说：我学画五十年来，已养成早起的习惯。我看到桌子上摆放的砚台里还有余墨。赵钲先生告诉我，他每天清晨五点左右必起，磨墨、练字、习画。连大年初一也不间断。即使出门在外也每天坚持磨墨写字画画。他说：我拜了很多老师，中国画以花鸟擅长。他勤于画猴，曾到过全国很多景点去寻找猴的踪迹。将花鸟与猴结合在一起，加上拟人化的手法和吉祥题材，形成了赵钲的绘画特点。

严谨的学风。赵钲对自己创作的每一件作品都严格要求，认真对待。他说：我对每件作品都三次审核，看是否先过自己这一关。我的每一件作品首先要对得起收藏者，价有所值；二要对得起关心我的公众，让大家欣赏到我艺术创新的作品；三是要对得起自己，要时时把自己和作品放到秤上，看看是几斤几两，来猛省自我，走好每一步。

读书写诗创作书画，这都源于他在江苏省诗词协会任职的经历，成天与古今诗词的平仄、押韵、欣赏、吟咏、创作，将浓浓的诗意浸润到猴画创作中去。使猴的表现上有了新的突破。他说：我用几十年来积累的红星净皮，用安徽绩溪胡开文的超细油烟墨块在端砚上研磨。颜色上用上好的朱砂，在材料上求好求精。在创作之时，我更是将对古碑帖的研习放在重要位置上，在笔法上揣摩要领，并应用到对猴毛的笔墨表现上，能得心应手。我画中的猴已不是自然猴的再现，而是经过自己心灵的酝酿，变成一只只人格化有血有肉，有情有义的艺术形象。我将传统的吉祥喜庆的题材与猴画结合。如富贵白头、岁寒三友、福在眼前、百事大吉、松菊延年、喜获鲜果、五福同臻。使人们喜闻乐见。同时在配景方面，我以四时花果为主，突出猴子。所以在作品中传出气息，可以现出清奇、脱透、润泽、简练、高古的风神逸韵。

从读书创作聊到个人的修养，赵钲先生说：书画家最终要对得起自己。现为中国美术家协会会员、江苏省词协会办公室主任、《江海诗词》美编、国家中级美术师、江南诗画院常务理事、金陵书画院一级画师、中国工艺美术家协会会员、江苏省美术家协会会员、省书法家协会会员、省直属机关书法家协会会员、中华诗词学会会员、全球汉诗总会理事、艺品万家签约艺术家。1988 年，赵钲的《猴趣图》被选登在上海《朵云》中国画研究专刊上。1990 年，其作品《觅》入选江苏省写意花鸟画展。赵钲的猴画开始在画界引起反响。他的猴画成为南北画坛翘楚，有"江南猴王"之美誉。先后出版《赵钲画集》《画境诗情》《诗书画缘》《赵钲诗书画集》等专著。他多次回故乡兴化采风，将在家乡所看所感写在诗中，并书写出张挂于家中。

我们从读书写作、诗书画的创作说到兴化话。兴化城读书人，说话温文尔雅，轻声慢语，故而，有的人学兴化话，一开口，我们就知道，不是那回事，兴化话是有底蕴和书卷气的。与赵钲先生交谈中，我们聊到兴化的人文掌故，老街老巷中的书香，聊得兴起，我们同吟古诗文。赵钲先生与我谈他对花鸟画的创作时说：花和鸟，是大自然里最美妙最生动的精灵，花鸟点缀了我们的生活、美化了我们的生活，人类与大自然的和谐，也就是花鸟世界的和谐。他创作了《花鸟画二十四画品》：即雄浑、冲淡、纤秾、沉着、高古、典雅、洗练、劲健、绮丽、自然、含蓄、豪放、精神、缜密、疏野……他这样论高古："抽刀断水，师古踵踪。迹心同辙，披揽动容。寄情五岳，冥思玄宗。风摇琪树，花叶神工。"他将理论融入创作实践中。说到他的猴画，他说："猴文化"包容着史前"图腾文化"的母题，在我国有极其悠久的历史渊源，是佛、儒、道相混合的一种民间信仰，民间传统民俗常以猴作为吉祥、显贵、驱邪纳福的象征。

在我们聊天的时候，新义兄为赵钲先生新创作的作品拍摄，我在一旁观赏，观赵钲笔下画中的猴已不是自然猴的再现，而是有血有肉、有情有义的艺术形象，是传统书法绘画的结合。他笔下作品格调高雅而意境高远，这得益于他诗词韵律的涵养，彰显独特的艺术魅力。画家以平和静谧的心态精心作画，挥洒出如玉一般洁净的胸怀。他捕捉物象最为传神的瞬间动态，他笔下的猴子出神凝望，眼神灵动，顽皮可爱，惟妙惟肖，张扬着一种祥和、喜庆的情调。他从自己独特的角度感悟，抓住这一精彩瞬间，以花鸟画意境的感染力，描绘了生活中的诗情画意。

赵钲先生多幅以猴子为主题的作品以尽其精微的手段，通过取神得形，以线立形，以形达意的手段达到了神态与形体的完美统一。赵钲先生亲自展卷讲他创作作品时的感悟，介绍写意与工笔画的创作特性，他说：工笔画的功夫在于对所画之物的神灵再现，并不是对一草一木、一山一石的呆板刻制。他从猴子精确的造型刻画和晕染的效果，都体现出工细、娴熟的技艺；他告诉我，通过对它们的外表、动作、神情的描绘，要体现画家笔墨情趣和观察力。要让读者感受到情趣盎然的花鸟世界之美。读赵钲先生的作品，我体味到画家善于运用传统笔墨技法，抓住动物的特征，笔墨灵动，便将它们活灵活现地呈现出来。画家以书为画线条酣畅淋漓，将动物的神韵和趣味生动地展示出来。他笔下的猴子活泼灵动又不失雅致祥和，通过画猴表达了人的情感，灵动鲜活，寓意福禄。懂得生活的人就会感悟生活的真谛，赵钲先生题画诗《案头清供》：香烟水雾赏猴头，手画心摩爱不休。案上烟霞凭供养，奇香一缕庆同俦。

"家乡是一个人的根，兴化是我的家。"说到家乡，赵钲先生饱含深情。一个深爱家乡的人是令人尊重的。我告诉赵钲先生，在"政协兴化市第十三届委员会第二次会议"上，我撰写了"提升旅游文化内涵彰显兴化特色品牌"提案，建议彰显兴化文化特色品牌，在金东门景区建立"猴画艺术馆"。赵钲先生听了非常高兴，他说：如果"猴画艺术馆"得到落实，我愿无偿地捐献作品，回报家乡。

孔子曰："六艺于治一也。《礼》以节人，《乐》以发和，《书》以道事，《诗》以达意，《易》以神化，《春秋》以义。"太史公曰："天道恢恢，岂不大哉！"我与赵钲先生都属羊，不过我是小他一转的羊。羊是吉祥的象征，羊是幸福的召唤。赵钲先生谦谦君子、温润如玉；秉承家学，传承前辈师长品德画艺，创新发展传统书画艺术，特别是先生念念不忘回报桑梓的大爱之情，晓铭深为感动，与先生交谈如沐春风。

原载《板桥》第 14 期、《稻河》2018 年第 5 期

童心永驻武林

　　与安武林因为书而结缘，又因同在"读书风景文丛"出书熟稔。武林兄书名《读书如同玩核桃》，我想到我父亲儿时的文玩核舟，就为武林兄专制了一枚藏书票，画面为线装古书，左上方书"武林的书"，右下方就将此核舟置入画面。武林兄接到这别具一格的藏书票十分高兴，专门寄来他的著作《爱读书》并题跋书上，见证了我们的友谊。

　　尔后我们网上聊天网下电话交流，情谊日深。作为儿童文学作家的安武林痴迷于书在读书圈里是闻名的，出版过小说、散文集、散文诗集、童话集、诗集、随笔集等百余本个人专著。这与他勤奋读书是分不开的。他荣获过全国优秀儿童文学奖，张天翼童话金奖，冰心儿童图书奖，陈伯吹儿童文学奖，文化部蒲公英儿童文学奖等。作品翻译到美国、越南、新加坡等地。曾被《中国图书商报》评为"十年优秀书评人"。现为中国作家协会会员，中国寓言文学研究会副会长。武林是性情中人，在他的文字中见得最多的是他淘书的经历，为一大堆淘来的旧书与书商讨价还价，尔后又那么潇洒地抱着所淘来的书欢欣起来，此时的武林就显露出他的童心本色，也成就他写出那么多让孩子和成人都喜欢的文字。他的作品被收入多种中小学生以及幼儿园辅助教材就更属自然了。

直到去年株洲读书年会上我们相聚并见识了超级书迷淘书的情景，我在《株洲散记— 湘江边旧书摊》中写到武林淘书："书迷安武林哪是在淘书，就是与书亲拥，他趴在一大堆书上头都没有抬，右手拿着已淘到的书，只好用左手不停地翻找，生怕漏掉好书。"在株洲，武林请王稼句、冯传友和我一起在湘江边上吃夜宵，湘江的风吹拂着、吃着湘菜却是三句话不离书，我们聊书品书不亦快哉。

天津读书年会报到的上午，他与崔文川兄一报到就先去"古文化街"，文川让我赶去与他们相聚，我们仨在"阿秋书屋"淘书，武林是前后左右、忽而书架上面翻找忽而书架下部仔细查看，生怕漏掉一本心仪之书，他淘的书最多，结账时在与收银员砍价，文川在一旁调侃抬价，武林急得直摇头，营业员看到我们仨爱书人也是满面笑容地收银。

我们抱着淘来的书打车回宾馆，武林在的士上还乐不可支，一路欢愉，中午他请我们大家吃饭。回到房间，我赠他一本 20 世纪 50 年代的签名本：《复仇》苏联教育部儿童文学出版局原本，扉页右上端译者题签："少飞同志正，仇标五一、八。"《复仇》卡诺尼期著，仇标译，平装 36 开，北新书局印行，装帧者：陈业恒，苏联（指前苏联）儿童文学丛书。版权页上部有此套丛书的简介：苏联（指前苏联）儿童文学丛书第一辑，陆立之主编，本丛书都是最近一两年苏联（指前苏联）所出版的儿童文学，富有教育意义和艺术价值。插图也都是苏联名画家的手笔，又多又美。译笔流利，且数度修改，极为负责。武林兄是儿童文学作家和爱书家，好书赠爱者，亦是快慰之事，他接过书大喜，说：一定好好回谢我。

王稼句先生赠安武林法书一帧，书的是蔡铁耕吴歈百绝：洞庭飞尽到姑苏，笑逐游人倚酒垆。今日玉皇高阁下，犹闻醉后朗吟无。武林简直喜不自禁，我发微信说：武林兄拥宝入怀。我请稼句先生为福建爱书人张家鸿题词，武林在一旁也要题字，一时又找不到合适的纸张就向我索要积树居笺纸请题词，王稼句为他题：童心永驻武林。

原载 2015 年 8 月 14 日《兴化日报》

夏勇出生于兴化一音乐世家，一家四代为乐手。父亲夏鼎是远近闻名的鼓乐手，被泰州市、兴化市劳动局授予银发之星，曾获 2004 年泰州老年艺术节文艺比赛一等奖。

自幼受音乐熏陶的夏勇，20 多年前考进了他向往的城市学习音乐，在那里他经过系统学习，打下扎实的基础并接受了许多新的音乐理论。现为江苏省音乐家协会会员、兴化市音乐舞蹈家协会秘书长、兴化市文化馆副馆长。

学成归来的夏勇，常年活跃在家乡的文艺舞台和各地文娱活动中。在与好友谈论艺术时，他总感受到兴化古城、古巷中飘扬的柔嫩细腻乐曲使他动情，乡野中粗犷朴实纯净的音乐常使他陶醉其中，家乡的古乐透出千年的神奇，他怎么也读不够。他想用家乡水边最普通的土芦竹管子制一乐器来表现她的深厚文化底蕴，他知道来自乡间的东西总是透出一种奇妙的生命力，而这水又是家乡人文文化的最好表现，水边随手可摘的芦竹又恰恰最能表达这心声。有一次，华东师范大学音乐学院院长、著名歌唱家俞子正先生提议夏勇以苏中芦竹为材料制作芦管乐器，夏勇也有此想法，遂萌发用芦竹做乐器。

苏中水乡兴化遍地芦竹，芦竹又称芦竹管子，竹管根子比较长，江南为芦苇，根子细。用土芦竹管子吹，吹奏出乡间特有的音符，走出大城市回归自然。将地方的丰韵，用土芦竹管子吹奏，来解读千年飘香的声韵和沉甸甸的历史，而用芦管吹出来就有一种久远的苍凉。

民间芦管只有 5 个音，不足以吹出心头的感觉。夏勇要自己制作一种更能表现水乡特有的润泽风格的芦管，他放弃平时的业余时间，一头扎进去潜心研究。在水荡边芦竹生长地，遍寻适合做乐器的芦竹，找到中意的芦竹后就利用单位一间闲置的仓库做工作室，买来工具将自己关在仓库中；他置身工作室中，完全投入制作芦管的意境中，乐此不疲，自得其乐，常忘记吃饭和外边的世界，一遍一遍地反复制作，一次次的失败后的总结积累，他对芦管进行长达数年的改制，他制作的芦管也日趋成熟。有专家说他改制的芦管音的宽度和自由度得到极大提升，他制作出的芦管最长达 5.5 米、最短的 10 厘米（低音管），能超出 17 音，有人说以芦竹为管以芦竹为簧的民间乐器，填补了国内乐器王国的一大空白。

兴化是施耐庵、宗臣、刘熙载、郑板桥的故乡，也是民歌的故乡。茅山号子、秧歌、板桥道情是一首首一串串的歌，是与老百姓相连的乐章，激扬起伏回荡在这承载丰厚历史的古城。"荻港萧萧白昼寒，高歌一曲斜阳晚，一霎时波摇金影，蓦抬头月上东山。"这首板桥道情，夏勇用芦管吹奏心里的感觉却分外动听动人，听者动容，是源自故乡的乡风流韵和对板桥先生的理解，总之他打动了音乐界江苏省文化馆合唱指挥家张胜先生、南京师范大学音乐学院院长郑美义先生、江南笛王刘仁先生等专家并得到他们的赞赏。他用芦管演奏的"芦花情"因具有浓郁的乡情和独特的声韵，荣获泰州地区民乐大赛二等奖。他从1996年起，夏勇在演奏和制作芦管的同时，潜心制作、演奏芦管，并撰写芦管演奏的理论。经过多年笔耕，一部《芦管演奏法》的书稿草案已成型，该书详细地介绍芦管的选材、制作、演奏技巧，这部书凝聚了夏勇对音乐的理解和对芦管这个独特乐器的感悟，也是他在音乐理论和实践上跋涉多年的成果和艺术的结晶。

　　夏勇是繁忙的但又是快乐的，这芦管给予他无尽的表现力，使他尽情地去表达体会这乡野的音符，从他吹奏的芦管中亲切地流淌出一首又一首这久远而又亲近，熟悉而又自然，可以用心聆听并触摸得到的乐曲。

　　原载《泰州晚报》2005年10月25日

情深 浓浓是

　　卫兵是性情中人，感性与理性相融。他真诚待人，理性工作（他是律师）。我们相识多年了，我们同为兴化市政协委员，一起建言献策，一起参加视察，一起共读学习。为建设书香政协我们倾力。卫兵的才情被他律师身份所掩盖，他喜爱传统文化，从喜欢王阳明到深度学习继而研读，他对文化矢志不渝的挚爱影响他个人性格或者说他深入其中。

　　我们兄弟每每交流总感意犹未尽，我们在外学习时畅谈甚欢，聊到尽兴处却同时认为时间到哪去了；我们一起在外现场学习时，我为他拍摄照片，留下的是他精神抖擞英俊潇洒的阳光身影；他身姿潇洒这是我自愧不如的，谁叫我生就个慵懒身啊。我始终关注我的兄弟内心的感受和由此发生的变化，我不论在哪给我的兄弟打个电话，与他在电话里聊聊，与他交谈共同感受。

　　卫兵在抖音里一天一次背诵老子《道德经》，坚持下来是他毅力的体现。他写散文一点不比那些自以为是的写手逊色，因为卫兵是用心写文字。他写《昌荣｜我在家乡上班的八年》："当再又一次踏上故土，过去的一幕幕悄然爬上心头，枝枝叶叶蔓蔓，感觉有写一写的冲动，这种感觉挥之不去！"文字就是我手写我心。他写《扁豆千万种，为何情独钟？》："秋天到了，我就想起是吃石榴和扁豆的季节。这段时间，石榴吃得不少，扁豆也尝了一点。扁豆是那种短短扁扁的'侏儒'扁豆，这种扁豆大概率属于那种外来转基因食品，滥竽充数地充斥在大小菜市场和餐桌上。"这一段短短文字却也体现出他的个性来。

面对大海，我们一同静静地倾听她的咆哮，她的千变万化，气势磅礴，傲视天下；听她诉说过往，忘记世间的所有烦恼。

卫兵用心写的是挚爱亲人和他深爱的家乡。《怀念我的奶奶》：奶奶在世的时候，非常宠我，爱我！在奶奶身边，我才觉得自己是一个宝贝，一个自由淘气的孩子。卫兵是有情怀的人，他熟读传统文化的经典著作，此时的他是尊崇传承的践行者。卫兵是励志的，他成长的每一步都是深耕在脚下的土地，他夯实每一步的基础都是他老老实实做人情怀；卫兵是将真善用他的行为举止作了诠释。

日光为伴，月光为侣；烟火深处，兴化人家。卫兵兄感性与理性融为一体，他的文字犹如他人一样真诚。"活在当下，过去无论多么辉煌和落寞，多么得意与不堪，多么富有与贫穷……终究是过去时。"卫兵心底对家乡亲人的爱是刻在骨子里的。平日里，卫兵家人聚会都会邀上我，他视我为兄，他就是我前世今生的兄弟，亲兄弟般融洽是我们内心里相互理解和认同，这就是家里人。相逢一壶酒喜，敬的是兄弟情谊。

想到又有一段时间没有与卫兵遇见了，他是我兄弟，之所以这样说是因为我50岁后能够称得上我兄弟的人不多了，卫兵自是不似嘴上说的兄弟那般。兄弟手足情，情谊当如酒。子曰：君子敬而无失，与人恭而有礼，四海之内皆兄弟也。

一花一世界，一叶一菩提。做到善待他人、体谅他人，便能在这世俗的世界中得到内心的宁静。像我们这样平凡的人，日子就是一日复一日的平凡，也无风雨也无晴。每个人心中，都有一间属于自己内心的老屋，那里有属于我们的挚亲；每个人心中，都有发自肺腑的亲缘，那里有我们今生今世忘不了的人……我母亲教育我："是兄弟就永不背叛。"我珍惜生命中遇到的每一个人，遇见就是缘分。

有人问文化有什么用？文化不是利用的，是传承和弘扬，体现的是精神价值。有学生问我什么是好风水，我告诉他最好的风水就是自己。做人决不要自以为是，要谦虚谨慎。生活很简单，简单的生活就是将日子过成诗"隔窗知夜雨，芭蕉先有声"。世间的爱，因为爱所以爱。

秋风吹在身上，一股寒意，感觉凉飕飕的。秋风，倒让我想到一句话：什么是道路？启程的宣言，写在一页叫作泥土的纸上。生活中就是每一个遇见，彼此都是缘分。

在智在云辰，听

朴树《且听风吟》

像我这样年纪的人

也没有可聚的酒席了

唯有多年的兄弟姐妹们

且听且珍惜

内心是感受到

懂得了那份真诚

不需要刻意的问候

仅仅就是心中的存在

2023 年 10 月 10 日

临窗而立，微风拂过；雨水浸润，清爽恬静。我喜欢雨，并不是雨不困扰我：我喜欢独自听雨，想到郑谷诗："半烟半雨江桥畔，映杏映桃山路中。会得离人无限意，千丝万紫惹春风。"想到寂寞的大地，想到雨中相逢和雨停而逝的失落。

文化是一个城市的灵魂，兴化老街老巷老宅老地名老井蕴含了深厚的文化元素，他们不单单是人文兴化的地理信息标志，更是时间的遗存和历史典故的文化传承以及根植于我们血脉中的情愫。

我生活在书香浓郁的文化古城兴化，小时候见到的老字号的店招匾额，都是一些好的书法范本，小城有：家有书画不是俗人家的民风，我对书法自然很是喜爱，及长对书法更是钟爱有加。

吾邑乡贤刘熙载先生研治经学，精于声韵和算术，旁及诗文词曲及书法，著有《艺概》一书，其中《书概》部分专讲书法，对历代书法源流演变及笔法特点进行了概括和议论。

读邹国美兄书小文《幽幽古巷》一段文字，自然感受到作品中的"传统"二字。此幅作品：

根植传统，以情运笔；

笔精墨妙，气雅韵深。

行书遒劲，古拙灵动；

虚实得当，意趣相生。

我与国美兄相识有年，他为人朴实，待人真诚。我们二人曾临窗把酒谈艺论道，聊及他对书画的感悟和他书画创作经历及为人处世之道。说到他北上求学，眼界大开；说到他念念不忘初心，笔墨真情写故土；说到他师友难忘，真情流露。爱人者人亦爱之，我赞他师法自然，以德立身。他爱家乡那河那垛那桥，说到动情处，令人动容，满眼风光渭水河。邹国美笔名谷米，中国美术家协会会员，中国书法家协会会员，郑板桥书画院常务副院长。他的书法美术作品多次在国家级各类展赛中入展获奖，书法和美术作品分别荣获 2018 年泰州市政府文艺奖，其中书法为最高奖。2018 年，他被评为泰州市"十行百星"文体之星、兴化市"十大杰出人才"奖。

世上的事，撇开虚名，不幻想、不患得患失，捺住方寸，就有一颗坚守的心，坚持是最好的品质。一撇一捺即"人"字，邹国美守望相助。《孟子》中有言：出入相友，守望相助，疾病相扶持，则百姓亲睦。写好字是一辈子的学问，做好人更是一辈子的修行。

2023 年 10 月 7 日午后写于智在云辰

　　"腊月"，始于秦朝。《风俗通义》记载："腊者，猎也，言田猎取禽兽，以祭祀其先祖也。"或曰："腊者，接也，新故交接，故大祭以报功也。"所以腊月是个"祭祀之月"。

　　腊月风俗很多，《荆楚岁时记》："十二月八日为腊日。"这天也是"成道节"，是释迦牟尼得道成佛的日子。到了南北朝，民间便将"腊日"与"成道节"合二为一，统称为"腊八节"。

　　据传佛祖释迦牟尼在深山修行，静坐六年，饿得骨瘦如柴，曾欲弃此苦，恰遇一牧羊女，送他乳糜。他食罢盘腿坐于菩提树下，于十二月初八悟道成佛。后来，这一天各寺院会大锅熬粥，施舍众生。故腊八粥又称"佛粥"。南宋陆游诗云："今朝佛粥更相馈，反觉江村节物新。"

　　腊月二十三，是小年，也是祭灶的日子。民间谚语云"腊月二十三，灶王爷上天"，灶王爷是执掌人间烟火的神仙，这一天，要返回天庭向玉皇大帝禀报人间各家善恶功过。祭灶时，多用糖瓜（麦芽糖所制很黏），让其既甜嘴又粘嘴，在玉皇大帝面前能美言，别多嘴多舌。

二十四，扫房子。扫房子又名扫尘、打尘埃、除残、除尘。据《吕氏春秋》记载，我国在尧舜时代就有春节扫尘的风俗。按民间的说法：因"尘"与"陈"谐音，新春扫尘有"除陈布新"的含义，其用意是要把一切"穷运""晦气"统统扫出门。

这一天，家家户户都要打扫环境，清洗各种器具，拆洗被褥窗帘，洒扫六闾庭院，掸拂尘垢蛛网，疏浚明渠暗沟。到处洋溢着欢欢喜喜搞卫生、干干净净迎新春的气氛。清代诗人蔡云《吴歈》诗曰："茅舍春回事事欢，屋尘收拾号除残。"

腊月三十，是最温暖人心的日子，一个月的忙碌，该准备的差不多都齐全了，大人孩子们嬉笑着贴门神、贴春联，挂灯笼。到了黄昏，男人们要去坟地祭祖，在香烛烟火的缭绕里缅怀先人，祈求逝者安息，生者健康兴旺！

全家人在一起吃团圆饭是除夕的重要习俗。据《荆楚岁时记》记载，至少在南北朝时已有吃年夜饭的习俗。

吃过年夜饭，一家人围着火炉守岁，嗑着瓜子喝着茶，欢声笑语，其乐融融。守岁既有对逝去岁月的留恋，也有对新年的美好企盼。当新年的钟声敲响，四处一片烟花飞舞鞭炮齐鸣，美好的中国年将在热热闹闹、红红火火中度过。

友人李军于去年9月初相邀9月27日或28日到昆山参加祝贺《昆山日报》复刊二十周年暨李军集报展，赶紧忙完手头的事抽出时间赴会。

李军兄心细，在我赴昆山前特来电询问我的行程，当他得知我一人出行，建议我与相邻的友人同行，在出发的前一日我接到高邮朱军华兄的电话，他邀我到高邮搭他的车与他们同行，我欣然接受并致谢。

兴化与高邮原同属扬州，高邮东连兴化，早先我们常骑车去高邮游玩，青年时代我还与一帮朋友到高邮踏青。后来出差常从高邮经过，几乎每月都到高邮，高邮亦有我的许多朋友。1996年扬州泰州分家，分属两个地区，我往扬州高邮的次数就少了。

秦王嬴政于公元前223年在此筑高台、置邮亭，故名高邮，别称秦邮、盂城。后人又称高沙、珠湖、盂城，是至今全国两千多个县市中唯一以"邮"命名的城市。高邮有诸多名人，我印象深的有北宋高邮人，官至太学博士，国史馆编修秦观。秦观字太虚，字少游，别号邗沟居士，世称淮海先生。高邮现有省级文物保护单位古文游台。清乾嘉学派的杰出代表王念孙、王引之父子，是扬州学派的中坚学者，王氏父子不仅对许多文献典籍进行了系统整理，而且在音韵、文学、训诂校勘等专门领域取得了丰硕成果。文学家汪曾祺先生，他写的反映家乡旧生活的小说《受戒》《大淖记事》成了蜚声海内外的名篇。

与朱军华兄因为共同的爱好相识数年，我虽年长他几岁，参与集报活动也较他早，但我们自相识以来就成为好友，相互尊重、互相关注。他集报23载，从最初的什么报都集，到试、创、复等专题集报，再到如今的重点收集早期报。藏品蔚为壮观且精品众多，中国报协集报分会于2009年启动"双百工程"（百名"中国集报之家"、百名"中国集报精品"），截至2012年底，共评选出159家"中国集报之家"、132种"中国集报精品"。

朱军华收藏的《万国公报》（复刊号，清光绪十五年，公元1889年）、《时务报》（创刊号，清光绪二十二年，公元1896年）、《知新报》（创刊号，清光绪二十二年，公元1897年）和目前在民间已知的唯一一份《新华日报》（1939年8月13日，战时太南版创刊号）等22份报纸，入选"中国集报精品"。

朱军华将众多的精品报向更多的人展示并在家中设立了"朱军华苏中红色报刊博物馆"。2013年9月《集报家》杂志社授予朱军华"中国精品报收藏第一馆"。我与朱军华在高邮和在外开会时相聚过,而他高邮的家中还是第一次去造访。在朱军华的藏报馆中他向我展示了许多精品老报纸,因为时间关系,大多老报纸虽匆匆一瞥,却似惊鸿。我为他这么多年来矢志不渝地为集报事业的至诚精神而感佩、为他不吝投入地收集精品报而赞赏、为他藏报读报用报写出自己所研究的心得获得成果而高兴。

在翻看老报纸的过程中,朱军华迅速翻出一张泛黄的1948年12月17日的《新华日报》(华中版)头版刊"兴化城解放",递给我,我接过来看,他笑着说:"这是跟你们兴化有关的报纸,送给你。"我连忙挥手推辞,这个礼物太贵重了。几番推辞,朱军华真心相赠,我收下这份珍贵的礼物,内心存着一份温暖,珍藏起友人的十分真诚。

原载2015年2月6日《兴化日报》

秋日私语

　　躺下接了个电话，无法再睡，索性坐在床上，宛如行走在秋日的山间，倾听秋日私语。

　　想来诸暨五泄山上的枫叶飘落下来了吧，老院中的苔藓铺满墙角，一抹青烟，蝉鸣声声，大概她总是引发我的思念，只有老城墙砖缝里的小草顽强地开着，让我感到精神所在。

　　仿佛间我脑海里徘徊着的，倒像是电影镜头般的来回放映。窗帘没有拉开，房间里暗暗的尤显静谧，寂静得听不到一点声音。

　　看到友人在朋友圈发的："你应该努力奋斗，而不是随便将就！生活就是这样，今天尽力做的，虽然辛苦，但对未来而言，全都是礼物！人生不能推倒重来，别再虚度时光，每一个当下都是你最好的年华！从今天开始改变！"

　　独坐窗前，沏一壶白茶，看两只麻雀逗留在阳台上窃窃私语，让我想念老屋的温馨。

那日，友人招饮，二人至饭店幽静之处小酌。友人让我点菜，我点两冷盘两炒菜两荤烧：小葱拌豆腐，凉拌山药；韭菜炒蛋，油焖茄子；烧肥肠，清蒸带鱼。取意：朋友之交一清二白，与人交往实心实意，做什么事圆圆满满，最后一人一碗面条，意为：常来常往。兴化传统菜肴，从食材到摆盘、到清炒、到烧烩具为讲究和蕴含做人之道。让我常想起，兴化传统的饭店的地点大多在僻静的巷子里，店名温文尔雅。彰显兴化人不事张扬，雅趣能生韵的传承。没事，我总是一个人静静地在老巷里行走，遇到街坊就随便聊些家长里短，寻找那渐渐消失的老屋。

翻读，《吾家祖屋》邓云乡著，小精装（辽宁教育出版社 1998 年 9 月第一版）页数：91 页，系茗边老话丛书一种。邓云乡，室名水流云在轩。1924 年 8 月 28 日出生于山西灵丘东河南镇邓氏祖宅。一生著述颇丰，主要有《鲁迅与北京风土》《燕京乡土记》《文化古城旧事》《红楼风俗谭》等。邓先生饱读典籍文献，阅历广、学识渊博，文字雅隽，精细入微，醇厚有味。

立秋日，读书、码字、行走，想到此前拍摄的老宅光景，老街老宅老人，那些故事，用镜头定格永恒。心中多一份静谧。人总是行走在理性之中，生活在感性里，让生命的长路上多一些宽容与理解。

卡夫卡——事实上，作家总要比社会上的普通人小得多，弱得多。因此，他对人世间生活的艰辛比其他人感受得更深切、更强烈。

秋天是怀人的季节，秋天是遐想的日子，秋天也是感受甜蜜与幸福的时光。

2019 年 8 月 8 日

现在是网络时代，通信发达，有事发个微信就行，写信的人极少。20 世纪 80 年代，我每月写信几十封，邮局工作人员跟我最熟悉，隔几天收不到信，心中就有所企盼。

书信，古时称书牍、书简、书札、尺牍等。中学时读乡贤宗臣《报刘一丈书》《郑板桥家书》等总觉余音缭绕，齿间留香。

儿时，外婆让我读大舅舅从北京寄来的信，教我像我大舅舅一样多读书。我对书信有一种特殊的感情，可以说，我写作就是从写信开始的，发表的第一篇文字就是书信体。

冯英子先生是《新民晚报》副总编，当代著名的记者和杂文家，我对先生十分敬仰，冯先生博闻强识，熟谙古今中外的历史和文学。其杂文在国内外文坛上享有很高声誉。我曾冒昧给先生去一信，信中作一自我介绍，请求先生题字。

1990 年 2 月 20 日，我接到冯先生的信，打开，先生题"有容乃大"宣纸横批，附一信："晓铭先生　嘱书寄奉，迟复为歉，即致　敬礼　冯英子 1990、2、20。"

冯先生很少为人题字，此幅字刚劲有力，洒脱。信写得很短，是用毛笔写在新民晚报专用稿纸的背面，犹如先生杂文简洁明了，我是激动万分。1994年9月13日，我在扬州新华书店购得《冯英子杂文选》时，特在书的扉页上写一跋，记下当年一片情。

我与众多名家、书友订交，靠的就是信函往来，通过书信交往，体现了个人的修养、学识，加深了彼此的了解和友谊。

2004年8月8日，河南《书简》主编王金魁先生寄来一函和国内第一本书信文化刊物《书简》创刊号，附一函："承蒙您的厚爱和赐赠的藏书票已妥收，今呈上我们创办的《书简》杂志向您求教。《书简》的目的是弘扬书信文化，彰显友谊亲情，相信您读后会有更多的想法和感受。先生所居的兴化是我所向往的圣地，物华天宝，人杰地灵，施耐庵和郑板桥皆为兴化名流，况且郑板桥先生早年曾在我市范县为官，深得民心，后世敬仰。今郑板桥纪念馆即建于范县毛楼黄河岸边，是为风景名胜之地。如有闲暇，盼来一游。王金魁书 04、8、8。"

王金魁先生致力于书信文化不遗余力，所办《书简》杂志深得读书界的好评，本来相约2004年底在湖北十堰参加《书友》报举办的第二届民间读书类报刊研讨会上相聚，后我因公事缠身，未能成行，甚为憾事。王先生行前特给我一信，收信时正值雪花纷飞，天寒地冻，北风呼啸，读友人信札，感受浓浓友情，顿生暖意。

写信已成为我写作、生活中的一部分，几十年来，我从中学到了许多知识和做人的道理，无论是尊敬的师长、同道友朋、还是年轻的后生，我都同等对待，别人来信总是尽快回复，且都恭敬地书写，连我用的信笺、信封也是专门印刷的，体现书信的文化。

书信给了我莫大乐趣，扩大了认知面，我与国内许多大家交往，他们赠我著作，我都认真拜读，不懂再去信请教，无形中我多了好多名师，正如曲阜师范大学教授、孔子研究专家骆承烈先生信中写道："只要是好学向上者，我都支持。"是的，因为有了许许多多的师长在启我智慧、惠我学识、勉我向上，令我不停跋涉，受益匪浅。

2019 年 9 月 27 日

上午参加兴化市长安北路建成通车启动仪式。兴化市长安北路，全长 5.7 公里，道路顺接城区长安路，向北经过乌巾荡湿地公园，终点连接菜花景区大道。

长假要到了，来兴化游览的人也多，只要外地的朋友来兴化，我就不遗余力地介绍兴化的人文、自然的景观。我到过许多地方，眼前看到的和脑子里出现的总是家乡兴化最美的画面，好多人因对家乡不熟悉和不甚了解，没有发现和忽视了美的所在，正所谓：不识庐山真面目，只缘身在此山中。

兴化市地处江淮之间里下河地区腹部，属淮河流域。北接淮河，南濒长江，西与扬州接壤，北与盐城隔河相望，聚平川之秀色，汇江河之便利，境内河道纵横，湖荡棋布。从交通变化感受城市发展动脉，每一天都精彩纷呈，既凝聚了一代又一代兴化建设者的辛勤与汗水，更是兴化市发展的一个缩影。

兴化的水、桥、路是人与自然的结合，是兴化人文的结晶，是铸就兴化交通发展创新的彰显；要读懂兴化的美，首先要认识兴化的路。

兴化水美、花美、路美；春天油菜花开，遍地金黄；夏有万亩荷塘，映日荷花别样红；秋天，坐着船到垛田经过盛开的万寿菊，感受薰衣草独具特色的浪漫梦幻紫色花海，赏菊品蟹，美景美味，风味独特；冬天芦苇花开，轻盈曼妙。随声声欸乃，闪动灵性的光芒，如一幅幅大写意水墨画。兴化因路而兴、因路而生，因路而美，因路发展，因路繁荣。兴化的路是灵动的，她绕城穿乡，路路相连，每一段路都是一道流动的风景，每一处风景都与路息息相关。

人文兴化，生态水乡；景观大道，亮丽风景。

2019 年 9 月 29 日

假日居家整理旧工作笔记本，看到夹在笔记本里一张泛黄的《兴化报》剪报，让我回想起1991年的那场洪水和当年撰写此篇新闻稿背后的故事。

辛未夏，兴化遭受了百年未遇、历史罕见的特大洪涝灾害，最高水位达三点三四米，全境内涝，一片汪洋。企业停工，商店关门停业，农田作物受淹，居民住宅进水。直接经济损失17亿多元，系全国的重灾区。

兴化拖拉机厂组织全体职工一方面在抗洪抢险保障正常生产，一方面组织抗洪抢险突击队保护生产设备和单位、群众财产减少损失。因为拖拉机厂老厂区地处兴化城东门老城区，老厂区虽然受到洪水的浸入但经过职工的全力排涝，受灾情况不甚严重，而地处小岛的厂区和职工生活区及关门城的新厂区受淹严重，我们上下班要过齐腰深的水，老人孩子俱坐船出行，一楼居民家中全进水，"船在陆上行，车在水中走"。

为了反映兴化拖拉机厂人在洪水面前上下拧成一股绳，众志成城抗洪灾的精神，以及面对灾情做好保障，迅捷反映有担当和坚守的责任，1991年7月17日，我撰写了《兴化拖拉机厂坚持外贸生产81台拖拉机如期交付出口》的新闻稿刊登在当天的《兴化报》上：

兴化拖拉机厂坚持外贸生产八十一台拖拉机如期交付出口

兴化拉机厂在大灾面前克服困难，积极完成出口生产任务，7月12日上午8时，81台拖拉机提前启程运往上海港。

几个月前，外贸部门下达给兴化拖拉机厂81台拖拉机的出口生产任务，要求该厂在7月15日交付发运。7月10日，外贸部门考虑到天气对交通的影响，又把交付日期提前到7月13日。为了保证外贸出口，这个厂一方面帮助解决职工的生活困难，让他们安心生产，一方面调来水泵排除总装车间积水。总装车间的职工家中近一半受淹，但出勤率达到95%。遇有组件需要生产时，加工车间的工人就立即予以配合。

文章见报的当天早上，厂党委书记、厂长王全善来到我工作的岗位上，对我说："姜晓铭同志，你是个好同志……"听到领导真诚的夸奖，我很感动，我说：这是我应该做的。一九九一年七月十九日，洪水稍退后，我在厂家属区拍照留念，从照片中还可以看到洪水还齐小腿，那时，我们全厂干部职工就这样蹚着洪水，坚持天天上下班，不迟到不早退，精益求精地完成各自的本职工作。

兴化拖拉机厂是江苏省机械厅定点生产东风12型手扶拖拉机的全民所有制中型企业。厂区占地面积11万平方米，其中新厂区占地面积6万平方米。主要生产拖拉机、运输车、印染机械、风力机械、专用机床等五大系列20多个品种，产品覆盖全国各地并远销海外。

1956年1月，兴化镇兴铁工厂、源康五金店、张广顺冶匠店、泰州范大元等四方合并建立公私合营兴化铁工厂，共有职工 32 人，党支部建制。1958 年 11 月，公私合营兴化铁工厂更名为地方国营兴化通用机械厂，转为全民所有制，并建立党总支。职工最多时达 1660 人。主要生产饲料粉碎机、碾米机、大糠炉、脱粒机、水泵、机床等。1969 年 2 月，兴化农业机械厂试制成功三台东风——12 型手扶拖拉机。同年 6 月成为江苏省机械厅定点的生产东风——12 型手扶拖拉机的生产单位，企业更名为兴化拖拉机厂，1978 年 3 月由党总支建制扩大为党委建制。1995 年 9 月，经扬州市计划委员会批准，兴化拉机厂更名为扬州拖拉机厂。

1986 年，我所在的江苏省兴化拖拉机厂以一厂之力独立建设了"迎丰桥"（尉天池先生题写的桥名），从此一桥飞架，小岛成乐园。

想到在那火红的年代读书学习的时光，想到我们的拖拉机厂，想到了我们永怀的企业；岁月留下的已是旧照片和记忆中的痕迹，忘不了的是那渡船、那桥、那厂房、那再熟悉不过的人和事……

2019 年 10 月 4 日

一根柱枝

前几天，突然接到一个微信问候，我礼貌地回复一下。后几日，他介绍我们 10 多年前有过一面之缘，然十多年来我们也无交往，此时问候我想来有事要说了，果然，信息来了他说："过几天苏州开会后游泰州，有兴趣看看你积树居，学习学习。"我回复：见谅，这几年我服侍双亲现在照顾患有老年痴呆症的老父亲……兄欲了解积树居得暇可看看我写的文字即可。回复后，后来就再无信息了。一笑。

没妈妈的孩子是棵草，发个信息给熟悉的人，想请他吃个饭答谢他几年来在这个难忘时光安排我吃饭之情，然，今日已非往日，人家真真地不想再提这个事了，算了。

与年轻人相处，我总是换位思考，心中暗念：不要用我儿子的心思去看待比他年长的年轻人，或许人家自有人家认为的世界观。人走上社会接触到人的眼界各不相同，每一个人所处的生活环境决定了心中的格局。看人，倒也是观其言听其行。想来，这样费脑的事，真不是我这活了半百的人弄懂的了，既然费脑，思之再三，还是读书去了。

下午理书，翻到一帧我写的林徽因《十一月的小村》笺纸："我折一根柱枝，看下午最长的日影，要等待十一月的回答微风中吹来。"看着泛黄的笺纸，已记不得，这是写给谁的不知道什么缘故没有寄出？时光荏苒，岁月如梭。人生是翻不了篇的，唯有，忘不了的是旧日红。

身居陋室，理书欢乐。遐想那年在敦煌鸣沙山行走，在月牙泉尽情享受神奇和美丽，读与行并举。

《长安三千里》热播，辰辰文字："采得繁星缀盛唐，三万里，一千年，可叹未见长安负此生，若是人寰无此间，何苦颂传绝句复流连。"我读《长安日记——贺望东探案集》1985 年群众出版社出版，这部短篇集收录了六个短篇推理小说，这些小说都是以中国唐代古都长安为背景，六篇小说分别是：《东方来客》《观灯之夜》《胡烟姑娘》《贤人的诗句》《买舞伎》以及《怕见人的姿势》。

读书医俗也医愚，人能够始终保有自我，做一个真正的读书人，快乐。

2024 年 6 月 11 日

　　我这个人重感情，有的帮人总是想方设法地去帮助人，心中有爱总归是快乐的。

　　我受的家教，是有的给人是幸福的，不想沾别人的，葆有的是人性里最真的情怀。

　　人生如白驹过隙，纯真的友情是我辈理当珍惜，转瞬我也是快奔60岁的人了，珍惜的是人世间的那份友情，也知道，人生是个站台，行驶的列车总有人在站台上上车和下车，错过了就错过了。弗洛伊德：一个人在真实地表达自己之前，必须先知道自己是谁，而且还要对自己对外部世界作出回应的方式认识。

　　生活就是经历和遇见，有的人相遇又分离，有的人却是平平淡淡一生里的知己。一辈子，记得的人太多，总会遗忘些该忘记的人和事。

　　静读，观旧照片，想念相交几十年的老朋友。2019 年 9 月 18 日，应邀浙江南浔潘建中兄邀请，参加在湖州南浔举办的潘建中报展暨《风云激荡七十年——新中国重大事件报纸号外图文鉴赏》出版。

犹记，下榻的南浔颖园是始建于清同治元年（公元 1862 年），于光绪六年（公元 1875 年）落成，系南浔镇文物保护单位。颖园以玲珑剔透、紧凑多姿、清幽雅致见胜。学者古园林专家陈从周教授在《水乡闹得》一文中曾称誉颖园为："陈园环池筑一阁一楼，倒影清澈，极紧凑多姿，具有苏州狮子林的风韵。"每当傍晚，百鸟聚园，成为奇观。

我常告诉我儿子：多读书可以丰富和提高见识，一个人的心智要成熟，就要行事判断有主见，有原则；要有容忍和谅解的胸襟，懂得学会与别人如何相处之道。有些事，非我谨慎以待，不是我不言而是我知而不语。

一人一书一世界，静静地读。文字净土，心灵之上；茫茫大海，奥妙无穷。道本无言，文以显道；修炼心性，知人自知。想起乔治·奥威尔《一九八四》：如果你觉得保全人性是值得的，即使最后也发生不了什么效果，但在精神上来说，你已经把他们打败了。

2024 年 6 月 13 日

　　阳台上的吊兰花开，思绪飞涌。翻看老照片，望着 20 世纪 80 年代的老照片，看到青春年华中的我们，那年我们一帮人到高邮文游台参观并留影；少年的我在海子池边依树远看，记不得是谁帮我拍下的这张照片了；那年与同学在船厅游玩，留下这远眺的印象；阳光的午后，我坐在那看报纸，感恩生活，感谢朋友；时光深处，读书风景。

　　同学也是前世的缘分，兴化自古就是读书人家聚集之地，即使不是读书人家出生，也受兴化深厚的文化熏陶。自古有，家有诗书不是俗人家的民谚。因为我们天性的善良厚道，在世俗的社会里也许不被看待和吃点亏，但人心向善，我辈行之。我生性平和，仁义待人。《论语·述而》：子曰："仁远乎哉，我欲仁，斯仁至矣。"

　　人若保持内心的一份宁静、淡泊，留一分闲适的空间，自然雅趣能生韵。记得山东作家徐明祥兄赠我书并在扉页上题苏东坡诗："江山风月，本无常主，闲者便是主人。"人若无闲心，又何以能雅。

下午沏一壶铁观音，一泡二泡三泡，观茶品茗听琴读王渊清先生水墨画《荷》，超乎尘外，安于平静。想到 80 年代兴化市文联读书协会编辑的《蛙鸣》刊物，当年一群挚爱读书的青年走到一起，读与思，读和写，留下我们青春的印痕。

与志趣相投的人在一起是愉悦的，友人与我聊做人做事的感慨，想来我老师的孩子永远葆有的还是我记得的童年纯真，这是家风传承。茨威格说："信任的前提是坦率，无保留的坦率。"我与人交往，坚守做人的品性，有的帮人是幸福的，对待朋友是有钱帮些钱，没钱帮个人情，一句慰问也行，因为有爱，就永铭心中，今生，我会记住生命中遇到的每一个人。朋友说：同善良人交往，不是图他可以好到什么地步，而是他不会坏到什么地步。人与人的交往，首先需要的是安全感，然后才是成就感和愉悦感！

人到中年，无非就是我惦念着你，倘若你不记得我也就没有了那份爱意。微信是现代化通信手段中联系广泛的与人联系的渠道，我的微信朋友不少，每发给朋友信息大都能够收到回复，然，不回复的自然也就是头望山顶的高人了，人家不回复我也不会徒生烦恼，谁要你心里想着人家呢。

与相交多年的兄弟姐妹一起喝点酒，自然是快慰的，喝多了，五音不全的我也敢发声，还不是图个心境吗，在老朋友面前尽情地放开并能够袒露自己的真性情，庆幸我有一帮好兄弟；边喝酒边思考，尊重别人就是善待自己，礼待他人就会有生路，给一个晚辈发信息"好久未见，甚是想念"。

看到书橱里一排书和兄弟姐妹们题签的毛边本，这是一道读书风景。诗人作家筱强兄在《雪地书窗》毛边本扉页上写：晓铭兄：如果我

们的文章像油菜花一样美好，我们就是幸福的人了。壬辰年夏筱强

　　花开时节，信手拈书；

　　悦读散记，书的故事。

　　闲敲棋子，水西流集；

　　书式生活，积树话书。

2024 年 6 月 8 日

秋入深处清气高

　　早上的兴化老街上行人川流不息，忙碌的人们迎来新的一天。蓝天白云辉映状元牌坊，看到板桥先生故居大门上对联：东临文峰古塔，西近才子花洲。每天行走在东门大街上，领略沿途别有风采的景象，看到满街外地来兴参观的游客，深为生长在兴化这座历史文化名城感慨。

　　电视台拍摄我参政议政，调研兴化文旅融合发展撰写提案的影像，我走在石条台阶的古宅，回想往日那记载过往的岁月。在板桥先生故居，作为板桥先生邻居，我向学生介绍板桥先生诗书画之外的先生道德文章。

　　阳光照射廊檐，尤显得静谧。眼前浮现出张天源兄诗《深秋》：

一夜秋风扫尘埃

池塘菱青秋水碧

秋入深处清气高

树冠换色昂头傲

下午在成家大司马府拍摄外景。这座始建于明朝永乐年间，距今已有 600 多年的历史建筑，是明代吏部侍郎和兵部尚书成琏的府第。成家大司马府是典型的明代风格府第建筑，东西两组房屋，自南往北前后各八进，由一处大门楼、十处小门楼组成的一个建筑群。

搬一张藤椅坐在明代成家大司马府中的紫藤架下，捧一本书静读，恍惚间穿越到少年时，我在立新小学读书，课间我们在成氏宅邸捉迷藏情景，时光荏苒，岁月如梭，老井依在，往事如烟。

坐在大司马府的客堂的藤椅上，与几位后辈聊些大司马府的过往以及兴化文化里的书香氤氲，文化礼仪。说到我在兴化导游讲解员培训班上讲的八字：见景生情，触景生情。文旅融合发展是每一位兴化人都参与其中的事，尤其是将文史资料化解成百姓耳熟能详的故事，让更多兴化人了解更多资料的情缘，讲好兴化故事首先就得了解兴化的过往。

2024 年 10 月 14 日

因为喜欢读书写作，20 世纪 80 年代初，我参加安徽《未来作家》文学院刊授学习，坚持每天读书写作，每月交一篇稿子，有专人点评指导，文学点亮我的人生。泰戈尔《飞鸟集》："杯中的水是清澈的，海中的水却是黑色的。小道理可以用文字来说清楚，大道理却只有沉默。"

我至今葆有好奇心，对新生事物总想了解个究竟，为的是不让大脑僵化和思维枯竭，也许这样可以拥有青春的理念和阳光的生活，能够让青春永驻心底。

早几年，偶然的机会购得的我邑作家朱辉先生签赠给别人的著作，当时见到《白驹》散落在外，自然购来珍藏。

《白驹》朱辉著（中国青年出版社 2006 年 6 月第一版），长篇小说通过烧饼店的小伙计，展现了 20 世纪 40 代我地乡镇的民风人情，读来亲切。

王振羽先生："一个烧饼铺，朱辉把它写得风生水起活灵活现，诸如如何掌握火候，如何揉面盘面，怎样用水，还有徒弟与师傅之间的微妙关系，这样的看似琐碎家常的针脚细密，最为不易，也最见功夫。"

20世纪90年代初，逛兴化新华书店见到冯其庸先生的著作，《秋风集》冯其庸著（文化艺术出版社1991年1月第一版）印数：1000册，定价：5元8角。看到瓜饭楼主作画"秋风图""刘琨死后无奇士，独听荒鸡泪满衣"甚是喜欢，读其序言："我为什么给这个集子取名为《秋风集》，理由可能可以讲出很多，但最主要的有两点：一是取秋风故人之意，因为集子中收了不少怀念旧友之作，特别是其中有的朋友已经作古了；二是集子中有一些文章，回忆到我童年和青年时期经常挨饿的秋天，使我当时倍觉秋风多厉而又多感，现在一读这些忆旧的文字，仍不免觉得有点秋风秋雨之感。"当年买书见到喜欢的书印数在2000册内的立即购买，《秋风集》是我喜欢的学者冯其庸著作，况印数只有1000册当场就购下。人到中年，无非就是个我惦念着你，倘若你不记得我也就没有了那份爱意。

有人问我读什么书？我曰：读自己喜欢的书。不妨先拿来读，你真正读进去了，可以不断地找寻你喜欢的作家作品和喜欢的典籍深入阅读，倘若读到书中引述的书籍，你不妨暂时停下手中的阅读，去找来书中引用或者提到的书，这样可以让你的视野更开阔，读书乐趣大增，如此这般阅读，相信你的逻辑思维能力也有所提高。

有人说："近信书，不如无书。"说这句话有个前提，是你真读书吗？读了多少书，又是些什么样的书。读书是有选择的，读书更是与一个人自身修养品质相关。如你仅仅读些风花雪月，心灵鸡汤，如何经营人生等等之类的书。加之为人虚情假意，不踏实，那就不是简单地归纳为"开卷有益"，开卷与知行有关，浮躁与有益无关。

博尔赫斯："我不知道自己是不是个好作家，但我确实是个好读者，而这一点更为重要。我是一个感恩的、折中主义的读者，一个称得上是真正的读者。"微信是现代化通信中与人沟通的手段和平台，我的微信朋友不少，每发给朋友信息大都能够收到回复，然，不回复的自然也就是头望山顶的高人了。

2024 年 5 月 19 日

第三辑

积树居絮语

积树居絮语

　　书斋是我品茗读书、写作、会友的地方，随便翻阅的天地。我的书斋，名"积树居"，取于 20 世纪 80 年代，意为学问之道是一点一滴积累而来的，人生也是如此，追求有所建树的人生。我的书斋匾有多位书家题写，我最喜的是时任中共中央政治局委员、人民日报社社长的邵华泽先生题写的书法；先生字朴实、细腻、浑厚、刚毅充溢书卷气，我将邵华泽先生的题字请兴化制匾第十三代传人袁桂宏制作成书斋木匾，袁兄采用纯手工 47 道工艺制作而成。

　　我儿童时代就有 200 多本小人书，参加工作后，有了自己可支配的余钱，买书的热情就高涨起来，成了嗜书瘾君子并有了属于自己的两个书架。随着阅读和购书量的增大，书架也渐渐多起来，及至搬迁新的住房时又做了几个书架，一下子拥有了 10 个书架，此时的新书与旧籍融为一体。美国历史作家芭芭拉·塔奇曼说："没有书，历史会喑哑，文学会晦暗，科学会瘫痪，思想会停滞。"面对四壁图书，闲暇之时，随意抽书阅读，也有了"丈夫拥书万卷，何假南面百城"《魏书·李谧传》的感觉。

我将积树居的壁橱进行了扩高扩宽，做了一个8层单排的双门书橱，一层放50本书，8层可放400多本书，放置我从旧书摊淘来的书；将原来通往客厅的门改成中间的拉门，在原地做成一个十层单排的三门书橱，一层也可放50本左右书，10层书架足足放了500多本书，这些书都是我早年所读的外国文学和古典文学书籍。东面靠窗的一个书架是我刚工作时买的，上面三层放书，底下的柜子放我收集的报纸。办公桌临窗，紫檀的笔架挂着毛笔；桌上放着一大一小两方砚台和一块徽墨，一方正方形的石砚，一方椭圆形的歙砚。歙砚的上端雕一云中飞龙，砚池右下方有一金星池中有两道眉纹，此砚抚之砚池如婴儿之肤，呵之水出。电脑上方是积树居书斋镜匾，两旁有京城著名人物画家张骏先生专门为积树居绘制的《夜读图》和金石学家、书画家、藏书家朱龙湛先生绘的《墨竹图》。我每天随意阅读获取读书的乐趣，看到喜爱的书就站在那读半天，领略读书的妙处和欢愉；在这里写我读书的感悟、话书的絮语和读书生活的点滴感受。

多年来积聚了许多书，一是享受阅读，二是为了写作中查找资料，虽没有什么古籍善本，却也珍藏了一些名家初版本、签名本等。从淘书旧书摊，到买书阅读，聚书成了乐趣，藏书之爱已从这里开始启程。书房里的3个8层书橱几乎占据了一面墙，我喜爱的《鲁迅全集》《周作人文类编》《孙犁文集》《卡夫卡全集》《茨威格文集》《蒲宁文集》等文集及文史、有关书的书和书话类书、所藏的名家毛边本、签名本大都放在这。

陈子善先生说："书海无涯，世界上的书实在读不完，但能读到好书，是人生的一大乐趣。"我在书架里保存了《芳草地》《藏书》《书人》《崇文》《悦读时代》《越览》等读书刊物及《开卷》创刊至今的各期杂志、特刊和所出的《开卷文丛》第一辑签名本，第二、三、四辑题签毛边本,《凤凰读书文丛》《开卷书坊》四辑签名本毛边本；《我的书房》《我的书缘》《我的笔名》《我的闲章》题签毛边。《开卷》所出的书和这么多年所出的杂志，在积树居中占了书架的五层，真是蔚为壮观，拥有《开卷》就拥有了温馨和一份安宁的读书天地。

我书房里的书不是错落有致，而是随手翻读随手放置的凌乱。立着的书上面压着平放的书，书架到电脑旁的地下又堆起4排1人多高的书。面对书房里的书，我像善待朋友一样，珍惜拥有；书不负人，我不负书。自牧兄曾赠诗："积树居中读书乐，集藏写作自快活。文史小品饶趣味，亦求技巧亦守拙。"现在的书房除了腾出让人走路的地方，其他地方就几乎都是书了。

书斋是我读书编书著文之余之遣性赏读文玩、书画的休闲地。崔文川兄为我专制二款藏书票，一幅是两只熟透的柿子，象征着硕果累累。另一藏书票，画面以红黑蓝3色为主色调，站立的裸女身披蓝红罗纱，亭亭玉立；这些藏书票给人以美的享受。我在积树居中写作累了就读书放松，读书时间长了就赏玩书桌上的文玩，把玩一把陈年的紫砂壶、欣赏一件明清的瓷器、读一幅心仪的书画，在故纸中找寻往日的故事，阅读书斋中隽永有味的书，不亦快哉。

原载 2016 年 7 月 22 日《兴化日报》

翻书小语

当清晨的太阳从海平面升起，窗外的阳光照耀了我的书架，躺在床上随意地翻读一本书，开启一天的生活。

一个内心光明的人，从他待人接物处事态度，言谈举止可以看出他的心理状态。阴鸷的人在阳光下总会暴露出其虚伪和轻浮。生活中我见识过一些人，留给我的印象不单缺少阳光，恐怕还缺失教养。

我出生的兴化东门读书人多些，加之家教，自然而然的规矩也就多，老辈们说：这是礼数。因为受教化多，重情重义自是应当。记得我的朋友当兵，每年的春节我都去给他父母拜年，直至他退伍回家，至今还保存他当兵时送我的照片。

我母亲教育我："是兄弟就永不背叛。"我珍惜生命中遇到的每一个人，待人谦谦礼到，哪怕出门在外，我都会尊重我遇到的人，不论他们的身份、职业；因为人是平等的，遇见就是缘分。今年九月，在郑州开会，因为入住的房间电器有问题，我请服务员找来修理工，进门来的伊师傅一会儿就修好了，我请他坐下休息一下，他说他也喜好读书，想不到我们读书人没有架子。我告诉他生命是用来尊重的。

想到这么多年来，我行走在路上，山中遇童子我有童真，沙漠遇行者我们同行，海上遇赶海人我们乘风踏浪；我将遭遇的苦楚深埋在心中，我将遇到的欢乐与人分享，我坦坦荡荡；因为爱，所以爱。

遇到自私自利的人时，我能够微笑面对，因为我心中拥有阳光。列夫·托尔斯泰说："你不是我，怎知我走过的路，心中的苦与乐。"

学问不是寻常事

文化兴化，源远流长；儒学兴盛，名家辈出。楚水文脉，氤氲书香；性静情逸，守真志满。明代万历年间，任兴化知县的湖广武林人欧阳东风赞叹兴化"人文蔚起，学问好修，不减邹鲁"。

兴化写字的人多，发表者众，每每看到一些熟悉的人名出现在报刊上，甚为他们高兴；不过高兴归高兴，看见那些原本就写不出文字的人，常有文字见诸报刊，这就怪异了，且用的是早年已经整理好的汇编文字，那就说不过去了。我知道我读书不多，学问不如人，但人品决不能不如人，这是读书人做人的根本，为文不易，为人更难，但不能欺世盗名。

兴化读书人是讲礼的，我遇见的先生总是温文尔雅的。任祖镛先生引经据典、以理服人，每次回答提问都是以"您"称呼对方，这充分体现了先生的儒雅。培元兄说："研究历史，否定容易而肯定难，不能轻易否定！"兴化人在文化艺术上勤奋创作、大胆创新、不断探索，这就是兴化这座城市的文化底蕴。人们对家乡除了充满深深的爱恋外，葆有的是对学术追求的不断探究。胡适先生说过："大胆假设，小心求证。"

居家读书，读可读的书，写心中的点滴感悟，一有时间和感觉就赶紧写出。每天总是为书忙。黄岳年兄曾赠我"一室图书自清洁，百家文史足风流"的对联，想到我邑前贤国学大师李审言自学成才、篝灯夜读、立言不朽、学问赅博。佛说：要有很深很深的缘分，才会将同一条路走了又走，同一个地方去了又去，同一个人见了又见。

读书做人做学问，求真不亏心，这是书生本色。感谢殷勇先生赠诗：年华老去逝无痕，精神弥坚应有根；学问不是寻常事，万苦千辛只为真。

原载 2019 年 3 月 8 日《兴化日报》

凌晨醒来，已无睡意，索性半躺着，等待黎明。这段时间要写的文字多，就想换个思维。文学不仅仅是文字的表达，而是一切艺术形式的体现。

每个人都有各自的出生和生活环境，不一样的人不一样的环境就有不一样的观念，犹如两条河流，不是一个方向，终归不会流入一个河道里的。

上午讲了一个半小时的课，深为感动的是，课后，一位年轻人跑来对我说："您讲得好。"这是对我最好的褒奖。前一段时间，朋友告诉我，她现在理解深刻的是"坚持"二字，生活中好计划的人多，行动的人少，凡事再好，不落实到行动上也是枉然。

巴尔扎克《高老头》：我们的心是一座宝库，一下子倒空了，就会破产。一个人把情感统统拿了出来，就像把钱统统花光了一样得不到人家原谅。

散步在林荫道上，看到太阳透过树林，散发出斑斓的光束，宛如在森林里前行时看到的光明和前行的目标。走在乡村的小路上，感觉阵阵熟悉并带着泥土芳香的乡野风，扑面而来，她是那么的热情、温暖、真实，村民家门口栽种的果蔬散发着特有的清香，感受这美妙的生机和诗意，心旷神怡。路上遇到几位年纪大的人，说到兴化的过往，大多还停留在个人微量的所得信息中，但他们的好处是不相信任何以往的真实性，况是书籍，因为他们认为自己没有在现场，这怎么能够相信呢？

平日里，我读书写字累了，就读家中所存的书画。或出去走走，拍摄一些图片记录我心中想要表达的情愫，这也是思想者抓住稍纵即逝的感觉。

一滴水是生命的结晶，一篇文字是我用心写下的对家乡的挚爱，一份爱永怀心中，她温暖如玉。蜜蜂恋花，书人爱书；书斋之光，充满温馨。

敬惜字纸

昨夜睡得不好，索性坐起来读书。读杜甫《江上值水如海势聊短述》：为人性僻耽佳句，语不惊人死不休。老去诗篇浑漫与，春来花鸟莫深愁。新添水槛供垂钓，故着浮槎替入舟。焉得思如陶谢手，令渠述作与同游。尤喜诗中："老去诗篇浑漫与，春来花鸟莫深愁。"此诗系杜甫五十岁作，时居于成都草堂。

读书勤乃有，不勤腹空虚。人读书越多，越感到自己不足，越会安静，越不会感觉寂寞，在书的王国里遨游，让心灵自然地栖居。

与友人聊天，聊到现在一些出书人的浮躁，缺少敬畏之心。有的人，不在读书写作上下功夫，反在书外用上心。我的兄长说过"印在纸上的字不一定就是书"，读书要有所选择。说到底读书在于明德明理，孝亲尊师。

小时候，我爸爸教育我，人家对你好，你就得加倍地对人家好。我奶奶教诲我，我们姜家人，不忘给过我们微笑的人，不忘给过我们帮助的人，永远不忘的是我们回报人家。儿时，我爸爸告诉我，我们家的堂号是"渭水堂"，族谱中我的字辈是"伯"字辈。我们兴化城姜家，自清·咸丰年就居住在兴化城东门，家谱毁于"文革"，我们家的堂联：渭滨世泽天水家声。

人生蒙学儿童始，从小养成读书的爱好和习惯，终身受益。笃学明理，潜心读书方是真谛。前段时间，在一户旧宅的墙上看到"敬惜字纸"，记得儿时我外婆告诉我要爱惜字纸，写完字的纸不得随意丢弃，上厕所不得用有字的纸，也不允许用脚践踏有字的纸，要将写过字的纸收集起来放到巷子里的"敬惜字纸"中。敬惜字纸，也就是要敬重和爱护文化；"敬惜字纸"是文化传统中的良好美德。

当年我读中学时，我的先生要求我们写作时，将可说或不说的话就不说，复杂的事简单到科学，要注意文章的语法、修辞、逻辑，在文章中要写出自己要说的话；因为，文字是表述自己内心的情感。我父亲告诉我，白纸黑字，写出来的文字是要对得起自己和读者的，做人不张扬不随流。我用文字诠释我所读过的书经历过的事，这就是我读书写字的生活。

原载 2019 年 3 月 15 日《兴化日报》

为爱而歌

　　早先欣赏我表哥曹健与他女儿曹阳一起演唱的《当你老了》（这是赵照演唱的歌曲，歌词改编自爱尔兰诗人叶芝的诗歌《WhenYouAreOld》，由赵照作曲，收录在赵照2015年发行的专辑《当你老了》中）。他们父女充满真情地将这首歌演绎得真挚感人，父女情深，血浓于水。

　　我出生在姜氏大家庭里，作为姜家的长房长孙，自小我受到父辈们的关爱和教化，知礼仪、明事理。自小，我的父亲就教育我：人生始于信，尊重源于诚。不怕被人利用，就怕你没用。

　　闲时常与我儿子聊一些读过的书，20世纪80年代在兴化新华书店购买《傅雷家书》读，当年手写信件多，记得孩子出生6个月时，我出差多日，每晚回到旅馆就给儿子写信，回到家见到儿子时他伸出双手迎接我的拥抱。现在通信工具多了，手写信件稀少。我没事宅家，读书自娱，少些热闹，少些闲语，倒也静心。为人父者，对儿子的关心是自然的，看到孩子成长，能够聊聊各自感兴趣的话题，是幸福的。《傅雷家书-精选注释本》毛边本（天津社会科学院出版社2008年4月第一版），16开，装帧设计：书衣坊·朱赢椿。

我的儿子已经大学毕业了，又开启他新的学习生活。想起我儿子读大一时为大学诗文社撰写的招募辞："颂诗经，唱离骚，以诗之名，以文之意，一展凌云之志。吟咏高歌，清秋剪影；成语写相思，情书话三行。浩浩长河，需源头活水，迎新一代才俊，纳同志聚英杰。我们渴求德才兼备的你，可能你兴趣于诗文，古风，创作；也有可能你渴求一个书香的氛围；抑或你想锻炼实践能力。那么欢迎加入凌云诗文社，这里就是你壮志凌云的起点。"

怜子如何不丈夫，想到我儿子小的时候，带他到兴化城墙下的老巷子，告诉他从这里到家有几条巷子都可以走，好多路没有走过，但当你走过了就知道路是通的，看到他站在老城墙下双手交叉着望着前方，一缕阳光从老城墙上照射他，真幸福。

人到中年诸事多，生活不管有多艰辛都要自己扛着笑对，不在老人面前说苦、不在外人面前谈难，这是品性。有时间就回家陪陪咱爸妈，听爸爸妈妈唠叨几句真温暖。高尔基说："父爱是一部震撼心灵的巨著，读懂了它，你也就读懂了整个人生。"父爱如山，唯有亲情是真实感人的，父母对孩子呵护备至的怜爱、百般的疼爱，这就是人间真情。

生活在世上，没有官位之争、没有商务烦恼、没有名利缠绕；有耄耋康健的双亲、有贤惠的妻子、有独立思想的儿子；还有人记挂、还有可读之书、还有可写的文字；能够做自己想做的事，读书读人，用文字记录读书的情趣，读书读世，练达皆成文。茶烟几缕，此时可以诗。

舞岁月轻灵曼

　　我写不出文字时，就会去拍摄我心中想的画面和要表达的文字，权当日记。诗与画，想到读图的人不一定理解画外的思想，至于别人想调侃一二就另当别论了……

　　每天都会走进自己的内心，听一曲自己喜欢的音乐抚平浮躁的心绪，唯有书让我清逸。斯蒂芬·茨威格《人类群星闪耀时》：世间一切伟大的壮举总是默默完成的，世间一切智者总是深谋远虑。

　　文化兴化，源远流长；儒学兴盛，名家辈出。楚水文脉，氤氲书香；性静情逸，守真志满。文字是表述心境的一种方式，人走过的路，遇过的人，读过的书，就会留下痕迹。读书，是为了遇见更好的自己。读书写作带给我更多的只是快乐，因为我所写的都是我读书生活的点滴感受，读有所感所悟就随手写下。

　　一个内心光明的人，从他待人接物处事态度，言谈举止可以看出一个人的心理状态。阴鸷的人在阳光下总会暴露出其虚伪和轻浮的。生活中我见识过一些人，留给我的印象是不单缺少阳光，恐怕还是缺失的是教养。温塞特：要做一个襟怀坦白，光明磊落的人，不管是在深藏内心的思想活动中，还是在表露于外的行为举止上都是这样。

我这个年纪已经打消了外边的应酬，在家陪伴我爸爸妈妈，是我应该做的，故而我对外界的热闹反而不上心，不问世界多大，我心中有我爸爸妈妈。老人不老，是我爸妈啊。我认真地听我爸爸讲述过往的人事。我这个人固执地认为，一个不善待自己父母的人不可交，一个以托词不陪父母的人不可交，一个对父母和别人父母不敬的人不可交；这是做人的原则，也是做人的底线。

太阳每天都是新的，珍惜与我们的爸爸妈妈在一起的时光，是我们的担当。时光流逝，转瞬，我们都大了，我们的爸爸妈妈不老。根在，自然枝繁叶茂。

原载 2019 年 5 月 17 日《兴化日报》

秋　分

那日秋分。风吹一片叶，万物已惊秋。秋风起，一番风，一番雨，一番凉。我写下这个词时，我不知道是应该写"忍福"还是"福忍"，转念一想，福者忍也，忍者福也。

小时候，爸爸告诉我：流口水是现象不是病。自小到大，我的情商总是大于智商，待人总是真心实意。做人要一半聪明一半糊涂，把聪明的眼光看向自己，把糊涂的目光对向别人，学会心里有数，嘴上不说。

秋风吹在身上，一股寒意，感觉凉飕飕的。秋风，让我想到一句话：什么是道路？启程的宣言，写在一页叫作泥土的纸上。想那秋风微凉的快意，望天，看云，看海，看垛上风景……

在旅途的车上，看到上车下车和遇到的好多是和我孩子差不多大小的年轻人，他们背着旅行包行色匆匆，我注意他们，就好像看到我的孩子在旅途，车外的世界在车上看到都是瞬间，生活又未尝不是。

记得 20 年多年前，与同事出差在外，吃饭时，他告诉我什么是幸福。他说：幸福就是在家看着孩子吃饭时的那份快乐，是享受。从他言语间，我感受到那份亲情。

20世纪90年代初，逛兴化新华书店，见到冯其庸先生的著作《秋风集》。其序写道："我为什么给这个集子取名为《秋风集》，理由可能可以讲出很多，但最主要的有两点：一是取秋风故人之意，因为集子中收了不少怀念旧友之作，特别是其中有的朋友已经作古了；二是集子中有一些文章，回忆到我童年和青年时期经常挨饿的秋天，使我当时倍觉秋风多厉而又多感，现在一读这些忆旧的文字，仍不免觉得有点秋风秋雨之感。"我对此深有感悟，喜爱一个人独自行走，饱览自然风光的时候，更喜欢找寻充溢人文底蕴的老街老巷老宅，感悟这雕刻的时光。每个人都有自己的故事，每个人也已经历不同的故事。想念远方的友人，时间是个好东西，验证了人心，见证了人性。

秋凉时分，我经常思考，乡愁是什么？是仅仅遗存的老街老巷老屋吗？乡愁其实是一个人血液里流淌的认知，是对父母兄弟姐妹的那份亲情，房子可以没有了，但根脉还在，望乡望念的是血脉里的亲情。

原载 2019 年 11 月 14 日《如皋日报》

敬畏文字

　　当清晨的太阳从海平面升起，窗外的阳光照耀了我的书架，躺在床上随意地翻读一本书，开启一天的生活。

　　一个内心光明的人，从他的待人接物，处事态度，言谈举止，可以看出一个人的心理状态。阴鸷的人在阳光下总会暴露出其虚伪和轻浮的。生活中我见识过一些人，留给我的印象是不单缺少阳光，恐怕还缺失教养。温塞特曾经说过：要做一个襟怀坦白，光明磊落的人，不管是在深藏内心的思想活动中，还是在表露于外的行为举止上都是这样。

　　中午，快递员来电话，我问清他大约什么时间到，我好等他，生活不易，彼此理解。我喜欢阳光，不喜欢阴暗；我喜欢微笑，不喜欢板着脸；我喜欢真诚担当，不喜欢寡薄少情。人要懂得感恩，只有心怀感恩理性地生活，方可拥有简单快乐的人生。罗素说："若理性不存在，则善良无意义。"

　　每天做了些什么事、读过什么书总归不重要。爸爸妈妈是我常挂心的，儿子读书学习是我关心的，小书出版 7 年多了，还不断收到读者寄来旧书让题签，还真让我上心。

作为作者，感谢读者；作为读者，感谢作者。读书文字，出于性情；读人文字，花费一生。从浓烈到清气，一笑尘缘，一念清净，心是莲花。我写过《懂得感恩》的文字，得虎闸君嘉许："你由心撰写，情真意切。且将中华儿女为人处世之准则——五伦，诠释得颇透彻。"

小时候，我奶奶告诉我，人在做，天在看，不欺人，不自欺。我外婆教育我，敬惜字纸，敬重文化；对写有文字的纸张要尊敬和爱惜。我爸爸教育我白纸黑字，落字无悔，故而我对文字自然有一份敬畏。偶尔酒后随手写了错别字总是惴惴不安，如此，我唯有多读书，用心写字。

因为敬畏文字，尊重文化，就敬告年轻人，当听到不以为然和不可理喻的自以为是的回答，我无语；但我总是保持微笑，微笑是一种修养，微笑的实质便是爱。

犹记少年读书时，我的老师教诲，文字是表达内心的真实情感的。感谢师友们的关爱、关心、关注。生活告诉我：日月星辰，岁月变迁；阳光升起，绚丽自己。

原载 2019 年 11 月 21 日《如皋日报》

羊年话集报

羊大为美，汉字中的"美"字，即由"羊"和"大"两字组合而成。在中国传统观念里，羊年风调雨顺，往往是五谷丰登的好年成。羊年是我的本命年，也是我集报 30 年。

集报集什么？初期是集数量种类，当拥有一定数量种类后还是再在种类上增加？集研并举是真谛，珍希报种是方向、在有限的时间、经济上图发展，在有限的生命里做有意义的实事。高大上自然不是每一个人所能够拥有的，但我们绝不能够做报纸的保管员。要从我们收集的报纸中找出自身所需要的有价值资料和信息，通过读书集报提高文化修养。书香氤氲是内在的气质，不是集报了就是文化人，只有多读书多写作提高自身的文化修养，方能更好地传播集报文化。让阅读滋养我们的生活，将阅读融入我们的生活。斯迈尔斯：书籍能引导我们进入高尚的社会，并结识各个时代的最伟大人物。我当年集报就是将集报当作读书的一个重要组成部分，我从萌发集报念头，到参与全国性集报活动，常年坚持不辍，除却毅力与名家的勉励之外，最大的原因恐怕还是当初确立了正确的集报念头，即坚持读书、集报并举。集报首先要敏于行，在生活与工作中，读书做人，集报涵养人，要多读多写将手中的报纸进行研究并加以利用，发挥集报的作用。特别是研究类的文章要做深就得花时间去读书去研究，在我撰写集报相关文章时，我是先阅读所拥有的报纸，然后找出相关书籍阅读，对于不懂的问题再去请教有关人员，为写好一篇老报纸的稿子我阅读了7本书后方开始写作，只有对已集报纸进行研究，如果不对自己手中的报纸资料进行整理研究，有违当初集报的理念。

方汉奇教授80年代就指出：集报人要多读书、多读历史和新闻史的书籍，多将自己手中的报纸研究利用。集报不单单是自娱自乐的文化活动，还是传播书香文化的载体，但爱上集报了不等于就是读书人，只有有理想，多读书、多写作，对手中所集报纸进行研究利用，倡导阅读，传播书香，弘扬健康的集报文化生活，彰显集报特色文化主题，对文化的进步做着巨大的努力与贡献。集报是什么？好多人还不甚清楚，只知道，收集多少种报纸、多少早期报、又得到多少种新报纸了，仅仅将集报当作生活中的一个乐趣和个人的精神支柱。我看过好多对我们集报者的采访，大都是集报多少种了，采访者不甚清楚集报活动，可我们集报者又在说了什么？也没有说出什么道道，长此以往。外界对集报者的看法就是，收藏了多少种报纸的人而已。如果一个集报者自己缺少文化和修养，又怎么能够让外界看得清集报的真正意义？倘若一个人集报几十年了还没有写出一篇集报方面的文章，还停留在几十年前单纯追求报纸种类而后就束之高阁，又怎么能够让集报这个文化活动得到有益的传播？

因为爱，所以爱。我们有缘是爱上集报，只有自己静心读书、潜心做点集报研究和有益推广的实事，方对得起我们自己和家人以及所爱的集报。因为我深深地爱集报，爱报友，三十年来为她发展壮大鼓与呼，为报友取得的成绩高兴欣慰，爱之深了就有了发自肺腑的心里话。

羊年话集报，说出自己的心声。厚德载物，自强不息，为共建书香社会，追求集报美好的明天而同心共力，发奋进取！

原载 2015 年 4 月 5 日《羊报》中国集报信息·迎春特刊

今天是腊月二十四，"扫尘"。整理书籍，看到书桌上的崔文川兄专为我设计制作的"姜晓铭藏书票"如冬日暖阳，身心俱爽。

文川兄设计制作的这款"姜晓铭藏书"藏书票，几易其稿方最终定稿，可见文川兄做事认真，注重每一个细节。此款藏书票画面以红黑蓝三色为主色调，站立的裸女身披蓝红罗纱，亭亭玉立。人物飘逸、柔美、轻盈、洒脱；隐约之美，尽在票中。藏书票封盒上印刷有"让中国的读书人更有品位""文川书坊"，纯手工印制一百张，每一张藏书票都有崔文川兄的签名，这款美轮美奂的藏书票创作独具个性，喜欢之至，感谢文川兄精妙的设计和精心制作。

20世纪80年代，我与崔文川兄因了共同爱好相识订交，彼时他正在山西忻州文川火花博物馆。多年失去联系，后得以在天涯"闲闲书话"上重逢，可谓书缘再续。

2006年11月26日，文川兄邀我到苏州小聚，在姑苏与文朋书友相聚甚欢，大家谈书论画，聊书人画事，文坛逸闻，不亦乐乎，几日朝夕相处，兄弟情谊笃深。临别他赠我由他主编，吴以徐装帧设计，古吴轩出版社出版（2005 年 10 月第一版）的《中国当代艺术家精品系列藏书票》多册。

记忆有一座宫殿，他无时不让您怀念。 我与文川是多年的好友，那年我因故没有参加了在成都举办的第八届全国民间读书年会，文川兄特地给我寄来他设计制作的读书年会纪念藏书票。

2010 年 11 月 17 日至十九日，第八届全国民间读书年会在成都召开，崔文川设计：成都·第八届全国民间读书年会纪念藏书票，一套两枚外带封套，藏书票套色印刷在宣纸上，画面简洁书香充溢。

我友张培元兄看到崔文川兄设计的藏书票，特作：卜算子·赞民间读书年会：年会蜀中开，书友相逢笑。楚水姜君享盛名，畅叙无烦恼！书类忒丰饶，珍品人难找。更有毛边锡大家，宣纸藏书票。

书香余韵，方寸芸香。

2019 年 1 月 29 日

好学为福

春节期间除了拜年，就是宅家读书，读积树居藏的书画。寒斋藏有辽宁铁岭杨一墨先生丁丑年指画"右军爱鹅"图，画上题李白诗"王右军"，此画系当年以画易画而来。杨一墨先生系中国美术家协会会员、中国书法家协会会员。出版有《一墨指画》（辽宁美术出版社出版），杨仁恺先生作序。冯其庸先生诗赞其指画："铁岭百年后，又逢一墨生。指头精妙法，传世得奇英。"

我喜欢杨先生指画的笔趣妙韵，意境悠远，古雅风致，别有意趣；也因了吾邑前贤明代宰相李春芳第六代裔孙扬州八怪之一的李复堂先生曾师从清代指画名家辽东铁岭人高其佩（且园）先生，并得到他的传授。

我收藏书画最初是从读书了解书画知识由兴趣转变成爱好，古人云：人无痴不可与交，以其无真情也。人无癖不可与交，以其无真气也。

得心仪书画皆是缘，积树居藏的书画要有金石气、书卷气，没有内涵的书画充其量不过是匠人之作。收藏就是赏读和学习的过程，我于名家书画，题签书随缘，不刻意。喜欢就先去读他们的书，书画印，逢机缘自然，读书亦然。积树居中所存签名书是我与师友情感的见证，我写文字自然也是情感的体现，有了感觉就写出来。

唐司空图的《二十四诗品》中的《典雅》——玉壶买春，赏雨茅屋，坐中佳士，左右修竹，白云初晴，幽鸟相逐，眠琴绿荫，上有飞瀑。落花无言，人淡如菊，书之岁华，其曰可读。

读到好书好的文章和写出如意的文章皆是自然，用文字演绎生活，感恩生活；读书读人，理性情感；愉悦清新，花开丽妍；明月诚邀，举杯共醉。

好的作品自有其传承底蕴，写作亦然。只是近来写个文字没有那么快，朋友嘱托写的文字总是拖延，深感歉意。欠下的文字总归是欠下了，就得慢慢还上。

我喜安逸静谧的生活，一人一书一杯茶，临窗听雨，静静地读写，习惯了我生活的这方水土。每年做一次远行，体味外边的景致，看风景访风情会书友，随着年岁的增长，越发地感受到对生我养我的故土之浓烈的情怀，这种爱就是天生的，因为我生于斯长于斯。

2019 年 2 月 12 日

　　凌晨，独坐窗前，远处的楼房鳞次栉比，原本人稀的郊外，因了城市的中心南移，围绕着医疗机构建起了不少商品住宅；房间里静谧，住在里面的人总想早日逃离这间房间，回家。

　　我的父亲睿智手巧、做人厚道，写得一手好字，还记得我父亲亲手给我做的鲁班锁、陀螺、木制玩具等，当年可是吸引了不少小伙伴的眼球，不知不觉中我父母都老了。

　　如果不是这一次意外地摔倒，造成左膀折断，我父亲不会让我帮他穿衣服，洗脸、洗头、擦洗身子的。我父亲爱干净整洁，自己总会梳妆打扮一番，头发不能够凌乱，穿着要得体。就是在病床上也要干净整洁，我父亲低下头来让我帮助洗头，我用清水淋湿他的黑发，轻轻地揉搓，看到我父亲消瘦的脸庞，眼眉低垂，已显得老了，但我却没有感觉到我的父亲什么时间老的，别人看到我父亲一头黑发又不像一位年近八旬的老人，总之，就是在病床上，我父亲也一点不愿意承认自己老了，总会说着年轻时的往事。

　　小时候，我父亲教育我要好好说话，因为这是教养；与人说话面带微笑，称呼别人用敬称您；这几天，家里亲戚和朋友来看望他，我父亲躺在病床上总要抬起头来，面带笑容向来看望他的人致谢，亲戚朋友临走，都让我送客至病房门外。我父亲总是这样认为，这是礼，做人不能够失了礼；人要葆有善心，坚守内心一片净土，生而为人，不要丢掉慈悲与善念。

　　我连续在病房陪护我的父亲，身累心不累，唯父亲大人身体康健，心安。我善良待人，心中总是想着别人待我的好，哪怕别人曾经给过我一个笑脸，我会记着他的好。《六祖坛经》上说：一切福田，都离不开心地。心田上播下善良的种子，总有一天，会开花结果。

　　孝敬父母，这不仅是一个人最大的教养，更是为人子女的责任。父母养我小，我养父母老；为人子，止于孝，感恩我的亲人们、感恩我的朋友们，是你们给予我精神上抚慰和支持，晓铭铭感五内。

　　善待父母，唯爱在心。

　　2019 年 3 月 11 日

燕子衔泥垒筑巢

　　我坐在病床旁，陪父亲聊聊天，说说过往岁月的趣事，兴化的早茶文化、晚茶风俗，晚宴中的点菜规矩；慰藉。

　　兴化四季花开，春天油菜花开，遍地金黄；夏有万亩荷塘，映日荷花别样红；秋天，坐着船到垛田经过盛开的万寿菊，感受薰衣草独具特色的浪漫梦幻紫色花海，赏菊品蟹，美景美味，风味独特；冬天芦苇花开，轻盈曼妙。随声声欸乃，闪动灵性的光芒，如一幅幅大写意水乡水墨画。

　　晨曦浮动，流水悠然。早餐是兴化人健康的美食体验，一盘烫干丝，取兴化自产百叶，切得细如发丝，堆成塔状于碟中央；配几片嫩黄的甜生姜，一把红艳饱满透香的花生米；干丝的顶上，雪一样的白砂糖覆盖着，色香味俱佳。一碗阳春面：面有嚼劲儿、汤清爽鲜美。

　　这段时间在病房陪护我的父亲，就没有时间和心境去品味兴化独具特色的早餐了。早上，给我父亲端上兴化米粥，一口一口喂下，烧粥，用的是优质的"兴化大米",闻着氤氲成熟的香气粳米，看闪动着碎玉般温润可人的光，满婉飘香，米粥敦厚，吃着润滑绵绵。陆游曾作一首《食粥诗》："世人个个学长年，不司长年在目前。我得宛丘平易法，只将食粥致神仙。"

兴化人不但有着传统的早茶文化，更有着悠久的晚茶习俗，晚茶一般是下午三四点钟，以兴化小吃为主，有春卷，麻团、油端子、炸糍粑、金刚脐、麻油馓子、油炸臭干子、兰花豆、油豆瓣等等，更有虾籽饺、鸡汤饺（兴化人称馄饨为饺儿）、豆腐脑都可以作晚茶。

这几天婉谢了朋友们的邀宴，兴化人家晚宴点菜也是讲究的。某天，友人招饮，二人至饭店幽静之处小酌。友人让我点菜，我点两冷盘两炒菜两荤烧：小葱拌豆腐，凉拌山药；韭菜炒蛋，油焖茄子；烧肥肠，清蒸带鱼。取意：朋友之交一清二白，与人交往实心实意，做什么事圆圆满满，最后一人一碗面条，意为：常来常往。兴化传统菜肴，从食材到摆盘、到清炒、到烧烩具为讲究和蕴含做人之道。让我常想起，兴化传统的饭店的地点大都在僻静的巷子里，店名温文尔雅。彰显兴化人不事张扬，雅趣能生韵的传承。

晚看万家灯火，灯影人稀。一个人做事踏实与否，就看他做事认真负责的态度，做一个踏实的人，比做一个聪明的人更重要。曾子曰：人而好善，福虽未至，祸其远矣。

我的父亲手术后，夜里我在病房陪护时，想到家人和朋友的帮扶，心怀感念，感谢我的亲人们的帮助，感谢我的朋友们的关心。昭阳文虎沙龙陈振红兄为我创作的积树居书斋灯谜："燕子衔泥垒筑巢。"心有所思，情有所感，我心安好，便是幸福。

2019 年 3 月 12 日

窗几穷幽致

　　晨，骑车穿越半个城市至市中心，一个人静静地走在幽静的巷子里，推开半掩的榻子门与老街坊聊会儿家长里短，出门脚踏青石板，在老巷子里看看往日的砖雕木雕，注视着那过往的早行人，想起儿时曾经也这样一条巷一条巷地穿越，走过的那些巷子，在巷子里享受晨风吹拂和那充溢烟火之气的意境，感受幽幽老巷的人文内涵。

　　开春宜读书，一个人拥有的机会就更多，眼前的路，头顶的天空就开阔。读海明威：《一天的等待》，友人留言："一天的等待。我们每一个人每天都在等待，等待什么，不尽相同。有的人等待吃饭，有的人等待睡眠，有的人等待某个期待的好消息。或者成功，或者失败，或者明天。明天又是新的一天，讨论今天会遇到怎样的快乐，怎样的泪水或者挨饿。"感谢友人的理性和情感的文字。彼时我正走在郊外的小路上，给她捎上春风一缕。

　　想到那日，在乡村，看到芦苇随风飘逸，一只小船悠闲地横在水面，田埂上的部分油菜花已开放，再过几天，就是田无一垛不黄花了。

老报纸记载历史，翔实地再现那个时代的新闻和文化生活，从中可以了解过往的事件，当时人们的生活品质。欣赏民国《申报画报周刊》上面刊的"雪花膏"广告，画面女子，唯美不俗；文字简练，朴实透彻。

窗几穷幽致，图书发古香。在友人办公室窗台上看到一盆紫叶榨浆草，眼前忽现"翘首临窗独两芊"句，即用手机定格下来，这自然的色感，正应合友人典雅气息。

人不论做什么，要葆有一颗充满善良与仁爱的心，这样幸运会一直跟随着你。即使遇到不悦，也会化为虚无。幸运的天使会一直伴随在善良的人身旁，为爱带去幸福。

2019 年 3 月 14 日

刘
墉
书
匾

家乡兴化的油菜花闻名遐迩，每年油菜花盛开的时候，吸引海内外的游客前来观光采风。看一块一块隔垛宛如漂浮于水面上的岛屿，泛舟其中，如入迷宫，坐篷船穿行在"千垛"间的河汊水巷间，尽情享受"船在水中行，人在花中走"的乐趣。浓郁花香让人迷醉，旖旎风光令人流连忘返。

兴化不单单有着自然的风光更有着悠久的历史文化传承，城内名胜古迹众多。来兴化城旅游的人，首选兴化博物馆、郑板桥纪念馆。从郑板桥塑像走过，拐进朝东的小门，小门的上方有石刻"吟香"，书家是清代学者阮元。阮元（1764——1849），字伯元，号芸台，江苏仪征人。乾隆进士，历任湖广、两广、云贵总督，官至体仁阁大学士，提倡朴学，著作丰富。白玉兰绽放出满树的花朵，散发出阵阵清香，沁人心脾。

朝南的小门上额有一块石刻，内容是："台榭如富贵，时至则有；

草木如名节，积久乃成。"这是刘墉的书作。刘墉（1719年—1804年，字崇如，号石庵，祖籍安徽砀山，出生于山东诸城。清朝政治家、书法家。）官至东阁大学士，工于书法，特别擅长小楷，与当时的翁方纲、梁同书、王文治等名家齐名。　刘墉乃大学士刘统勋长子。乾隆十六年（1751年）中进士，历任翰林院庶吉士、太原府知府、江宁府知府、内阁学士、体仁阁大学士等职，以奉公守法、清正廉洁闻名于世。　刘墉的书法造诣深厚，是清代著名的帖学大家，被世人称为"浓墨宰相"。

早年，兴化古匾较多，制匾历史悠久，"袁万隆油漆牌匾坊"始于明朝万历年间（1573年—1620年），清乾隆59年（1794）自兴化南门袁氏宗祠移到城内武安街，并正式挂牌为"袁万隆油漆牌匾坊"，传承至今已有十三代。兴化"四牌楼"上所悬47方匾额中有37方出自袁氏族人之手。袁万隆油漆牌匾坊第十三代传人袁桂宏更是传承有序，弘扬光大。北京同仁堂、天趣阁、一得阁、北京大学等主要匾额皆由其制作。邵华泽先生为我书"积树居"书斋匾亦系袁桂宏先生纯手工制作。

20世纪90年代，我在兴化民间看到过刘墉书《倚松抚石》匾，此匾书法圆润流畅，飘逸洒脱，刚劲有力。擘窠大字的恢宏气象，结体适宜，点画干净，充溢书卷之气。

刘墉自幼家教甚严，勤习书法。他的书法经历了三个阶段：早年学习董其昌，字体秀媚妍润；中年，学习颜真卿、苏轼各家，笔力雄健，丰泽厚实；晚年则锋芒内敛，造诣达到了高峰。

兴化与刘墉有着渊源，从郑板桥纪念馆里的石刻到其书匾额，想必还有其他书法散落在各处，期待着更多刘墉作品的出现。

2019年3月19日

第四辑

云为诗留

小语幽梦

一直在行走，只要有宁静的港湾就放松自己的心境，幽梦中畅想，飞了我心，往事如忆却是昨日童年再现，打开一个一个尘封的记忆，诉说着美好的让人向往的故事。

春雨江南拨动了我的琴弦，文字中弥漫的是我的梦。寻梦，在江南的雨巷、小桥上找寻我的脚印。儿时听家中祖辈说种下的月季树会开出美丽的传说，老井旁依稀可记奶奶讲述的传说，井有神可通海，人有情可载物，水做的心是透彻晶莹。

原来文字是这样记录了过去和现在，将来的文字是用这雨巷、小桥、老井还有隐居在老巷中的逸士构筑，不是回忆也不成有回忆，讲述一个平常的小语幽梦。

幽幽古巷

　　兴化东城外老巷成于唐宋、兴于明清，辐辏街区原貌保存，在这里可以找寻名人足迹、寻访往日商业的繁华、感受传统中医药文化的魅力；这里老巷林立原汁原味，行走在老巷，不经意间触摸到一个城市的内核，感悟到他的文化传承。

　　百年药店"上池斋"依然营业，一缕阳光照向坐堂的老先生，望闻问切，然后拿着先生开出的药方到柜台抓药，带着期望和寄托安心地离去，过往的游客走进这全国重点文物保护单位，在老字号里的"橘井流芳""水饮上池""杏苑长春"等古匾旁留影，临出门称些许上池斋特制的檀香带回去留着纪念。竹巷里手艺人家仍然做着手艺活，往日的生活品做得少了，他们也与时俱进地做着精致的竹风车、竹耳勺，竹笔筒……祖传的手艺传承的是他们的梦想。

　　在幽幽的老巷，老井依在，古韵尚存；百年松柏古树，连理相缠，它安居在老宅中已有二百年，每天承载着烟火之气，斑驳的树干记录了这天地人间的故事；在深邃的老巷，爬山虎缠绕着老宅门楣，风化的砖雕、精美的石基默默地诉说着往日辉煌；在弯弯的老巷，炊烟缕缕，茶饭飘香。穿过东城外珠蕊巷，踏着青砖拐进巷里人家，大门上一副对联"依仁成里与德为邻"，其意是居家为人要加强修养、讲求道德。与有德行的人为邻居融洽相处，交往。聊几句家长里短，搬一张藤椅，沏一杯龙井茶，坐在廊下捧读一部书，置身书中，尽情享受阅读的愉悦；从狭窄的老巷穿过一个门厅，看到院中的月季树开放出满树大朵的花，红的挚爱、白的尊崇，石榴树结满了累累硕果，裂开的石榴籽晶莹剔透。

古城昭阳，东城门外，米市河边，碧水涟涟；走进幽静的巷子里，看到墙角阴暗处的青苔和墙头摇曳的野草，仿佛才感受到她的苍老，老巷经历了许许多多的雨季，这个雨水又涓涓细流般汇入了上官河。

喜欢听雨？沐浴小雨的惬意、感受中雨时屋顶的沙沙之声、倾听大雨的哗哗直下……这是我们感受到的雨还是在读雨？老巷的记忆是如何让积水排掉、让经历过风雨的巷子清新、让往日的尘埃在雨中洗刷掉；她记录了历史、承载了辉煌、散发出人文底蕴。

原载 2016 年 03 月 11 日《兴化日报》

老巷的印痕

历史文化是一个城市的灵魂，兴化老街老巷老地名蕴含了深厚的文化元素，他们不单是人文兴化的地理信息标志，更是时间的遗存和历史典故的文化传承以及根植于我们血脉中的情愫。

我自小生活在兴化东门辐辏巷，在《民国续修兴化县志》称为"染坊巷"，有注解为"辐辏街中"，它是辐辏街区中的一条古巷。辐辏巷与竹巷、弯巷、家舒巷（俗名洋楼巷）、家舒东巷和磨子桥巷这六条古巷称为"六经"，亦称"六纵"，又被"四纬"（即"四横"）交叉横切，形成无数个"田"字形方块；这里巷道密如蛛网，相互贯通。

儿时，我翻过我们院里的花墙就到弯巷，再往东走几步就是家舒巷；犹记当年与小伙伴们临登洋楼俯瞰整个东门街区的情景；从辐辏巷西，我奶奶居住的老宅穿过西边的老屋就到竹巷，走过"竹业公所"，过一小桥就到了郑板桥故居；我家的南边就是规模颇大的染坊，那时里面居住了好多人家，我们会在大院里玩耍然后从东边出来到磨子桥巷。

一条"东城外后街"通过竹巷、辐辏巷、家舒巷与通泰街相连。染布业是兴化东城外的特色传统行业之一，其染布所用染料——靛蓝，全部产自于东郊垛田，染坊业主也多为垛田人，我常说，垛上人是东门人。这里镌刻着我欢乐的童年时光，在我记忆的心扉中，美好的少年时代读书生活，留下了深刻的印象。

行走在东城外大街，从弯巷到家舒巷到状元坊，状元巷头跨街的石牌坊，始建于明嘉靖二十六年（1547），单门双柱。嘉靖四十四年（1565），李春芳官至礼部尚书加太子太保兼武英殿大学士。状元坊北侧是徐子兼先生之啸天庐。"袁万隆油漆牌匾坊"第十三代传人袁桂宏的工作室就在状元巷头，稍东有一条向北伸展的状元巷，是明嘉靖年间状元李春芳早年生活的地方。

我庆幸生活在书香浓郁的古城兴化，小时候见到的老字号的店招匾额，都是一些好的书法范本。我对书法自然很是喜爱，及长对书法更是钟爱有加。想到北京书法家王一新先生为我书：郑板桥题《个道人墨竹册》"以书为画"条幅，艺术是相通的，文学与书画一脉相承，具有共同的渊源。

如今这些街巷依然存在着，岁月荡涤了青涩，那些曾经繁盛过的名字也依然存在着。

得空，我喜欢与老街坊们聊些记忆中的老街老巷老茶食，浓浓的乡情，地道的原生态的兴化话，儿时那些动感的声音、熟悉的旋律仿佛就在耳边，并深深地回旋在心底。

原载 2020 年 7 月 17 日《兴化日报》

流逝的印痕

　　我自小生活在兴化东门，这里镌刻着我欢乐的童年时光，在我记忆的心扉中，美好少年时代的读书生活，给我留下了深刻的印象。对于过往的岁月，我尚知道些旧日物什及流逝的印痕。

　　兴化金东门地区以繁华的东门外大街为轴从南向北分布着许多的小巷子，被称为"辐辏"。如今这些街巷依然存在着，那些昔日繁盛的名字依然存在。

　　某天傍晚，从东门老巷经过，停下来看看，遇到几位老街坊，都80多岁了，与她们打招呼，聊了几句家常，都问候我爸妈好。

　　走过青砖小瓦的老巷，看到老井和老屋窗棂下的竹子，自然地感到亲切。日常里发些朋友圈我拍摄的兴化原汁原味的老建筑图片，有个别貌似懂点文史的人，说什么这儿是假的，那儿是后建的，那里是翻新的……往往我是不予回答他们的，因为我拍摄的这些的确是原住民居住的老宅里建筑。

儿时，我奶奶告诉我，所谓的老东门人，至少是住了七八代以上的人家。长大了，我渐渐明白我奶奶说这句话的含义，这就是传承。

兴化东门存有的明代老宅，不少建筑构件上都镶嵌着木雕、砖雕、石刻。做工细致，制作精美，院外周围以小青砖侧铺路面。

为寻找早些年我拍摄的明代建筑里的大门顶框上"紫气东来"的木雕、堂屋顶框上"狮子捧球"的木雕图，费尽周折，及至找到方安神。建筑的灵魂，是它存在的历史，展现其艺术魅力，我被它感动。庄子说"独与天地精神往来"，抵达"逍遥于天地之间而心意自得"的境界。历史文化之美无需雕琢，无需粉饰，明净纯美。

一座城有一座城的故事。20世纪80年代，兴化有许多诗社，其中兴化市文联芦笛诗社影响颇大，我至今保存《芦笛》（1987年10月总第一期）纪念兴化文联成立一周年专辑和若干期《芦笛》诗报。

读《朦胧诗·新生代诗百首点评》李丽中著（南开大学出版社1988年2月第一版），内收王家新先生诗两首。用心写出的诗是打动人的，我被诗感动，仿佛又回到20世纪80年代的诗歌岁月，喜欢诗写诗的人很多，兴化涌现了许多文学诗社和诗报，创办有《芦笛》《蓝星》《火地岛》《足迹》等诗报。

一直觉得自己还很年轻，看着这泛黄的书报，岁月悠悠，我不再年轻，一下子看开了很多。生活中常常遇到一些人和事，愉快的不愉快的，一笑了之，大自在皆因悟之深。受想行识，亦复如是。无智亦无得，以无所得故。人的一生，相遇时彼此善待，懂得感恩，善待他人和自己。

原载2020年8月7日《兴化日报》

极目黄花远入天

儿时，我爸爸抱着我走过幽幽古巷到垛上看油菜花；少年时，我跟着家中的长辈穿过曲径通幽的老巷到垛上看油菜花；长大了，我坐在船上听橹声欸乃，看两岸金黄金黄的油菜花，听桨声咕噜，船悠悠地载着我们在水面上行走着，赏着垛上的油菜花，嗅着沁人心脾的花香，置身其中，恍入仙境。

犹记童年时，清明到垛上祭祖扫墓，我们一大家子从辐辏巷出来，向南过宝塔桥，坐上垛上人家小船往上甸。有时我父亲摇橹，一摇一晃，船行水上，两岸边小桥、流水、瓦卷、码头和枕水而居人家；水波清清，柔波荡漾；清风依醉，杨柳低垂；听橹声吱吱，经过一座座桥，穿行一个又一个的垛子，抬头看一垛一垛的油菜花正开得烂漫，白色的鹅子围绕垛子周边在水中尽情地嬉戏，随声声欸乃，闪动灵性的光芒，如一幅幅大写意水乡水墨画，我陶醉在波光橹声里。

兴化的垛是人与自然结合，是垛与文化的结晶，要读懂兴化的美，首先要认识兴化的垛。

兴化垛田，因湖荡沼泽地带，在上游来水的冲击、下游海潮的顶托下形成了一个个面积不大、大小不等、形态各异、四周环水，各不相连，形同海上小岛，高低错落的水中土丘。先民们为了抵御洪水，人工开挖，垒土成垛，择高向上；垛上耕种，用最为原始的农田水利，日积月累劳动造就成了兴化大面积垛田。

垛，草垛、土垛，像草垛那样高出水面并联成的田叫垛田，意思是可以漂浮在水上的农田，形态各异，大小不等。冬季水浅时把河泥挖出来肥田，又疏通河道又清洁了水源，是农业智慧的结晶。"兴化垛田"于2014年4月被联合国粮农组织正式评定为全球重要农业文化遗产。

八方朋友来兴化，我陪着他们坐篷船穿行在万朵"千垛"间的河汊水巷里，到垛上赏油菜花，尽情享受"船在水中行，人在花中走"。

兴化因垛而美丽，垛因兴化而生情。顾仙根（藕怡）题《梁津图》曰："吾乡秀无极，四面水云真。"河有万湾多碧水，田无一垛不黄花。

兴化的垛田是灵动的，她古朴静谧闲适，温婉如歌。独特的人文、水韵造就了兴化幽静与典雅；随着诗人的脚步，踏进都市人梦寐以求的"梦里水乡"：看，菜花田里的双人脚踏水车，成了一道风景线；它是一种用于灌溉的农具，是古代水乡劳动人民智慧的结晶。现在水车已演变成集观赏、娱乐和运动为一体的游乐车。它展示了劳动人民的聪明、智慧，水之魂，水之韵。让我们荡起双桨，绕垛穿行，尽情领略这流动的垛上风景。

垛田是个神奇的地方，古老而充满生机，春天油菜花开，遍地金黄；这里不但有神奇的土地、神奇的风貌，人与自然的和谐之美以及天然野趣。清代顾继荣诗："回头碧浪平湖郭，极目黄花远入天。"

2022年3月27日兴化共青团

张从义先生

漫画漫话

认识张从义先生 40 多年了，准确地说，他认识我 40 多年了。

20 世纪 70 年代，他看到年幼的我在读连环画，就与我聊天，我与他交谈我所读过的连环画中故事，并说出我对书中人物的看法，他不以我童言趣语发笑，而是对我大加赞赏和鼓励，他爽朗的性格，开明的做派，给我留下深刻的印象。

1962 年，张从义先生从兴化师范毕业分到乡村做老师，孩子王的他始终保有一颗童心，在乡村传道授业解惑，并一心扎根在乡土里，后来一家单位缺少写文字的人，就将他调到这家企业做文书，这一干就再也没有挪动过位置，直到退休。

生性乐观，平素又喜爱写写画画且充满正义感和幽默感的张从义先生，没有因为办公室的枯燥而失去自我，而是利用业余时间学习漫画创作。20 世纪 80 年代初，一些企业的失窃现象严重，他就画了幅《值班室见闻》的漫画发表，作品发表没有给他带来喜悦，却给他惹来了麻烦，一些企业竟然想找他理论。经过这件事后，他创作漫画的激情不但没有受到影响反而更加旺盛，创作漫画的构思更巧妙机敏。

为加强漫画理论的学习，他购买了《中国漫画艺术论》《漫画艺术探求》等四本漫画理论著作进行系统学习并订阅了相关报刊阅读，通过学习扩大了自己的眼界也提高了他漫画创作的质量，《广东公安报》《江苏经济报》《泰州晚报》等报纸都曾为其开设漫画专栏，他的一幅《听说月宫里还有一棵树》荣获第二届全国环境漫赛二等奖，奖状上有我国著名漫画家廖冰兄、方唐、江沛扬三人的签名。

退休后的张从义创作的热情更加高涨，绘制出一幅幅百姓喜闻乐见的连环漫画。2002 年至今，共创作了 1000 多幅漫画，内容涉及老年人权益保障、计划生育、土地管理、环境保护、义务教育、禁赌、反腐倡廉、传染病防治、邻里关系等方面的作品。

在长期的漫画创作实践中他经过摸爬滚打，摸索出一套属于自己的漫画语言。他的连环漫画既大众化、通俗化又极富幽默性、知识性、趣味性和故事性，很受读者的喜爱。

关注社会，参与生活，古稀之年的张从义漫画创作始终关注社会民生，强烈的责任感使他拿起手中的笔利用连环漫画的表现形式，创作出一百二十幅《兴化市未成年人远离网吧》，一百幅《打造平安兴化构造和谐社会》《中华人民共和国未成年人保护法》连环漫画和 90 幅《加强和改进未成年人思想道德建设，培养与造就新一代社会主义接班人》连环漫画进行展览，让普通百姓通过漫画这喜闻乐见的形式了解法律法规，让孩子们在欣赏漫画的同时受到教育，这样的专题展览得到相关单位的支持和百姓的喜欢。以"图解法律"巡展形式普法，是兴化市"五五"普法期间的创举。张从义应邀就老年人权益保障、计划生育、土地管理、环境保护、义务教育和禁赌禁毒等方面的普法内容绘制了三百多幅漫画，以展板张贴形式在城乡社区、村庄巡展，提高了普法对象的学法兴趣。

热爱家乡文化的张从义先生在创作漫画的同时，与人合作撰写了几十万字的兴化文史文章。他还积极参与新农村文化建设，在有关部门的支持下为兴化市大垛双石村创作了 60 幅 120 米长的壁画。为将兴化城已消失的老行业画成系列风俗世象漫画，他穿街走巷多次采访几经易稿创作出 200 幅《三百六十行》、120 幅的《昭阳画旧》连环漫画，为此兴化市委宣传部、文化局等单位特辟橱窗展出，一时观者如云、好评如潮。他还应兴化市昭阳镇社工委的邀请，创作了系列世象漫画，在兴化城 24 个社区巡展。

张从义先生结合群众反映强烈的社会热点问题，配合有关单位创作了一百余幅普法漫画。用生动的形象、夸张的动作、幽默的表情、浅显的语言、精彩的画面、典型的事例阐释法律条文，说明事理，反映危害。

张从义先生深入生活仔细观察身边的人和事，归纳出 70 余种不文明行为，用了 20 余天的时间创作了百幅系列漫画。一张张一幅幅漫画作品凝聚了张从义多少心血，只有他自己知道，用漫画的形式诠释他对生活的爱和对社会的关注，是他的责任，他常如是说道。简易明了、通俗易懂是张从义漫画的特点，他创作的漫画上常配有打油诗，大大增强了画面的感染力，如讽刺违规开发的漫画："有人为了赚大钱，盲目开发占农田。13 亿人要吃饭，丢了土地哪能行？违规开发要制止，劝君莫要顾眼'钱'。"无题有感："B 超鉴子惹麻烦，选择性别都生男。男大当婚求配偶，可惜天下无红颜。愤怒男丁齐动手，砸烂 B 超寻根源。

奉劝天下父和母，重男轻女祸子孙。"读到这些诙谐幽默的漫画，再读所配打油诗，观众一下子心领神会，在笑声中思考，在笑声中回味、在笑声中感悟；这样的漫画往往胜过简单的说教和长篇大论，让参观者在寓教于乐中得到启发，深受群众的喜爱。

笔墨丹青随时代，壮心不已绘新篇。"一分耕耘，一分收获。"张从义不倦的努力，受到了大家的尊重，得到了应有的社会回报，也为张从义晚年的生活增添了无限乐趣。

2017 年 9 月 21 日

相识在天涯

2005 年 5 月 21 日，我注册天涯。我在天涯结识许多书友并成为好友，在天涯开博相互交流，受益颇多。

相逢何必曾相识，在天涯我与黄岳年、吕浩、吴昕孺、袁滨、葛筱强、刘学文、朱晓剑、陈跃军等书友相识与阿滢、崔文川、冯传友、刘德水等旧友重逢。

2006 年 8 月 12 日，在黄岳年兄建议下我在天涯开博，与更多的书友结识，得到他们的赠书及对我文字的品读，与朋友们同读书快哉。是谓读书使人快乐，忘忧。花开花落，我们相聚在天涯谈书说书。我枕边所读的都是朋友赠送的书，读他们的书如与他们交谈，西安吕浩（文泉清）兄在天涯闲闲书话上写到他淘到《韵琴诗词》注释者李西亭先生签名本，我读到此文即跟帖简介刘韵琴先生，吕浩先生知刘韵琴系吾同乡，遂将此签名本慨赠予我。我写就"文采风流说韵琴—读《韵琴诗词》"，此后吕兄多有赠书，书友之谊朋友之情使人铭记；吴昕孺、袁滨二兄与我同龄，吴昕孺兄赠我的《穿着雨衣的拐角》诗集，昕孺兄是新乡土诗派代表诗人之一，我们俩有着相同的童年经历，都是外婆带大。

我喜欢读昕孺兄的诗，故而昕孺兄就不断地寄我刊有他诗的刊物及朋友们的诗集，我们虽然没有见过面，但我感觉到他的儒雅、谦逊、内省和诗人的善良、纯真、宽恕。他在《衣袂》一诗中写道：我就躺在这草坪上／听任自己破碎然后／聚拢。听任自己的身体／变成流水／哗哗，淌入爱情温暖的／下水道。而你的衣袂／依然猎猎如旗／不断抽打我的上空。我喜欢读着昕孺的诗犹如听他在歌唱。

寒斋存有袁滨兄的《盈水诗草》《草云集》《盈水集》三本签名毛边本，袁滨兄是诗人是特立独行的读书人，袁兄的诗人气质造就他文字的独特美感，读袁兄文字如听袁兄讲演、如与之交谈、如与之开怀畅饮，雅趣盎然。

黄岳年兄喜读书临帖，以儒立命，窥内典、涉经史，笔耕不辍，被读书界称为"河西第一读书种子"；蒙他赠的著作有《弱水读书记》《书蠹生活》；前几天又接到岳年兄赠的新著《风雅旧曾谙》，是我枕边正读之书。岳年兄新著文字亦为我喜欢，一些文字在结书前就拜读，他所写民国人物史迹扎实耐读，文字层层递进，有古风新意，读来如沐春风。所写吾邑乡贤李审言（李审言明代状元宰相李春芳八世孙。著名文学家、学者，"扬州学派"后期代表人物。1923 年受聘为东南大学国文系教授。1928 年与陈垣、鲁迅、胡适等十二人同被聘为中央研究院特约著述员。）史料翔实，将国学大师李审言自学成才、篝灯夜读、立言不朽、学问赅博，文章淳雅的风雅人物再现，我钦佩岳年兄这种做学问精神，并将岳年兄文字介绍在我地报刊刊出，亦为一种书缘吧。

时光荏苒，岁月如梭。我们相识在天涯，结缘于天涯；晓铭得书友泽惠，感念不忘，唯愿相识相交相知的朋友们平安吉祥、健康幸福。

2017 年 9 月 20 日

一次偶然的机会，因为读到一篇与书有关的文字，让我走进望海楼。在这里我见到熟悉的朋友、遇见我相识的故旧、结识了我相知相契的好友；海坛亲如一家人的氛围感染着众多网友。

2009 年 11 月 24 日，我用积树居网名在望海楼注册发帖，12 月 9 日我在望海楼"文学沙龙"贴出"居高声自远非是藉秋风——读《溪上书香》"一文，得到朋友们的热情鼓励和支持。我关注望海楼并积极为海坛建言献策，当我当选"文化收藏"版块的版主后，我用心用情地去做并尽力地去做好，我感受到朋友们的真诚和海坛的热情，遂于同年 12 月 15 日用真名在望海楼注册开设了"个人专辑"。

海坛的真情让每一位来此的朋友感同身受，2010 年 11 月 28 日，论坛的两位超版来兴化看望我们，令我们兴化网友感动。望海楼论坛架起的友谊之桥，使我们心相连情更浓。我当晚在望海楼贴出《相聚是缘》主题帖，介绍兴化四牌楼文化广场、成家大司马府、古巷故居等历史文化古迹。记录海坛人在兴化其乐融融，欢快之至的相聚，歌唱一次相聚就是一生的情谊，相聚是缘，相逢就是一首歌。

身为"读书时间"版主，我在繁忙的工作之余，白天上班上不了网，每天都是利用晚上读书之余的时间上海坛浏览帖子，坚持读完每一篇文字后再回帖、点评、尽量多发主题帖；总是极力推荐我所熟悉和所知的读书信息，向外边的读书朋友介绍望海楼"读书时间"版块并邀请了知名的书评人来望海楼注册发帖，扩大望海楼的影响力，传递望海楼更多的文化气息。用文字记录我们的读书生活，抒写内心的感悟。我在望海楼——2011年读书时间版主小结"书爱众香薰知识最乐群"写道：诗缘独学不名家，在海坛"读书时间"版块这个平台上，以书会友得识许多挚爱读书的人，结交了相契的同调。书香引得佳客来，一滴水，春风化雨。为了扩大"读书时间"知名度，让海坛更多的网友走出去结识外面的读书名家，了解更多读书界的信息，让外面的读书朋友认识海坛更多的读书人，我愿架设起网络之桥，让大家的读书文字写出更多的真实感受和众多文字晓畅、不涩的作品来，引得更多人欣赏。

相逢如故旧，坛友似亲人。在这里我感受到更多朋友之间的真情；在这里可以畅所欲言，听到各种声音；这是望海楼论坛宽厚和包容所致。我深深地感受到在海坛获得的欢乐和拥有的那份终身难忘的友情。

2012年10月12日

　　1995 年，我与崔文川兄因了共同爱好相识订交，其时他正在山西忻州文川火花博物馆。多年失去联系，后得以在天涯"闲闲书话"网上重逢，可谓书缘再续。他给我寄来一些藏书票，《中国当代艺术家精品系列藏书票》我未收到，后他又专门挂号寄来由他主编、江苏古吴轩出版社出版的《中国当代艺术家精品系列藏书票》三册，画家刘建先生签名钤印，《东方藏书票》三卷以及十多枚他自己创作印制的藏书票等资料。

　　2006 年 11 月 26 日，文川兄邀我到苏州小聚，在姑苏与文朋书友相聚甚欢，大家谈书论画，聊书人画事，文坛逸闻，几日朝夕相处，兄弟情谊笃深。

　　崔文川兄是亚洲火花学会永久会员、中国藏书票研究会会员、中国收藏家协会会员、陕西省藏书票研究会副会长兼秘书长、《东方藏书票》杂志执行主编、《古吴轩出版社》特约编辑。他收集中外火花几十万枚，近年又痴迷于藏书票。中央电视台、凤凰卫视等几十家媒体专题介绍他的事迹，编著有《似锦繁花》《诗我的藏书票》《行云阁散记》《终南谈艺录》《中国当代艺术家精品系列藏书票》；创办有文川书坊、崔文川藏书票艺术馆、崔文川火花博物馆。

寒斋存有文川兄赠送的他创作的藏书票数十枚，有他为自己设计的专用藏书票和为友人精心设计的藏书票，都是创意巧妙、个性独特的作品。读书之余，我喜欢独自一人，捧出文川兄的藏书票作品，一一赏读，看到妙处会心一笑，让人爱不释手。其中崔文川自制"文川书坊藏书票"，主画面上一老者正负暄絮语，独坐幽篁里，背靠奇石，一手垂于几上，一手执壶，目视幽兰，似悟似思，浸淫书卷，寄情其中。画面下方为戴着眼镜的文川兄双手交叉倚身站立在一排书中，书卷上书有文川爱书字样，站立的文川兄似与上面坐着的古人对话，交谈的无非是书人、书事、书卷中的故事吧。

我知文川兄擅长藏书票设计，他曾应我之请，专门为我的朋友诗人金俑先生设计专用藏书票，文川兄先是一一了解票主的个性喜好并找来金俑先生的作品阅读，通过广泛阅读和艺术的构思，创作出精美的"金俑藏书"藏书票，方寸之间表现出票主的个性和作品的内涵，整幅藏书票充溢着书卷之气；从中可以看出文川兄创作的严谨和藏书票创作的不易，金俑先生见到这款藏书票，十分喜爱。

我和文川兄相交多年，一直想请他为我设计个人专用藏书票，知道他太忙就没有相扰，但内心的渴望还是促使我向他开口。他虽整日里编书、创作繁忙，还是爽快地应允下来。但答应归答应，就是不见其行动，我常常叮咛，他翩翩允诺，来来往往，就是不见动静。那日在文川兄博客上见到其为我及友人设计藏书票，想那文川兄被我等追讨得太甚了，竟一鼓作气设计出好几组藏书票，都是美轮美奂、形制俱佳，见之大喜，赶紧下载收藏。我说文川兄啊，创作除了灵感就还得有压力，造就出神来之笔。

书卷给了我们相聚的理由和机会，他让我与文川兄不论何时何地相遇俱充满情义，我们彼此牵挂，相互交流，互通信息，互赠图书；他是多情的读书种子融化在彼此的心灵并扎下了根，他不畏岁月的变幻、人世的变化，是相交相契的故交真情。

原载《藏书报》2011 年 6 月 17 日

　　昨晚，友人来电话聊起了兴化的地方文化掌故和传承，聊着聊着，就说到了善良。人不论做什么，要葆有一颗充满善良与仁爱的心，这样，幸运会一直跟随着你。即使遇到不悦，也会化为虚无。幸运之神会一直伴随在善良的人身旁，为爱带去幸福的气息。

　　与友人相识亦是缘分，友人说：他为了与我相识打听了许多人，最后还是通过他的一位宗亲，我的朋友找到我，我说"相逢何必曾相识"，一聊起来，我们真的还是有缘，居然我们是邻居。

　　挚爱家乡的人，总是有一种使命感和融入血液里的传承，专注于地方传统文化的挖掘、整理、研究、利用，用文字记录下过往，为后来人保留一份历史记忆，这种爱是与生俱来的，是无私的。

　　早几年，有朋友让我推介几本书，我总会向他们介绍《傅雷家书》、罗曼·罗兰著傅雷译《贝多芬传》。有人问我什么时候会感到孤独？我回答：只有没有书的时候才会感到孤独。

翻读姑苏晓新赠书《叶圣陶书影》（古吴轩出版社 2000 年 10 月第一版），该书收录中国著名文学家、教育家叶圣陶先生出版的各类著作的封面书影，并配有收藏者的文字介绍与评述。

　　没事我总是喜欢行走在家乡兴化清新自然风光中，如入画境；徜徉在历史长廊中感受人文情怀，对话先贤，感悟家乡悠久的历史、深厚的文化底蕴，心情愉悦。

　　我读书之余，喜欢品茶赏书画。寻得清静，忘记尘嚣；换位做人，善良慈悲。人活着，发自己的光就好。

　　2019 年 6 月 20 日

秋水为文不受尘

　　认识洪璞兄有好多年了，某次书画笔会上见识了洪璞兄绘的牡丹图，其画雍容华贵、华丽润泽、艳而不俗、雅俗共赏。尔后看到洪璞兄的书斋图，遂萌生拜访之意。

　　暖阳和风，我在洪璞兄书房，看到的是《知堂小品》《小思散文》《古文观止》《美学散步》《美的历程》等，书架上许多书与我皆有交集。墙壁上挂着他新绘花鸟画作品。在洪璞兄画室品茗聊天，我们聊的话题自然而然地说到我们读过的书，聊20世纪80年代，我们的文学创作，文学与我们的生活，读书就是我们的挚爱。

　　我接触一些爱好书法绘画的人，多多少少也读书，但所读仅仅与其专业有关的书，文学、历史、哲学等书籍不多，而洪璞兄广泛阅读，所读书籍并在其书画作品里表现出来。我与朋友谈及书画欣赏，总会说道，赏一幅好的画，先看他的题款、所跋文字内容，因为他是作品的一部分，其内容形式、位置与作品之间相得益彰。

读书之乐何处寻 , 数点梅花天地心。洪璞笔下的梅花，真的是瓣瓣香字字都香。南宋状元，一代名臣王十朋曾有《江梅》诗云："园林尽摇落，冰雪独相宜。预报春消息，花中第一枝。"

鸡是历代艺术家很喜欢表现的题材之一，各具风格，异彩纷呈。要想有所突破，独具一格，确非易事。洪璞师法自然，以生活为师，他的鸡以神造型，以情动人，鸡我合一，力求无鸡无我，达到了意可痛禅的境界。

我写过读画一文：读一幅画，如面对画中之人，绘画之人，总是不停地去领悟，感触画家创作的笔墨，故而我与画家亦师亦友，他们与我分享创作的快乐。我每天读到的是画内画外的故事、朋友的真诚，是一种放松了的心境。

挚爱生活，用心用情的洪璞兄，将生活艺术化，他左手写文右手书画，用情写出心中的感悟，用笔绘出生活的欢乐和温馨，令人心生向往："幸福或许是人一生期待的状态，因为幸福总是与美好与快乐相伴，不然人们不会那么期盼幸福来敲门。但当我百思不得其解的是，为什么用门去接纳幸福？为什么不能拆去你心中的围墙，让你周围的每一寸感动都化成幸福的因子？！ "他像一位辛勤的农人，春耕夏种为秋实，自家的园地里自然枝繁叶茂，硕果累累。

洪璞是真性情的人，那日，读到他写的随笔《九儿》："九儿，有你的日子是幸福的，记得三十多年前，将你悄悄带回家的往事，记得半夜醒来，煮俩白鸡蛋也要吻你几口的窘态。我知道，该是我们分手的时候了，我知道，是我身体的软弱使你远遁天涯，是我身体的血压让你婆媳难调。每当生活的阴晴圆缺，每当日子的酸甜苦辣，我都会忆起你的曾经，想起你难以挥去的影子。别了九儿，今生与你相识无悔！"这样的文字见情见性，质朴率真，有趣可读，他用文字给自己画了幅肖像。

赫尔曼·黑塞《德米安》："对每个人而言，真正的职责只有一个：找到自我。然后在心中坚守其一生，全心全意，永不停息。"洪璞兄为人温润沉稳，不事张扬，待人真诚，做事认真。他潜心于书画创作和教学，播种文化，收获友谊。岁月不减风流，宋苏轼《次韵王定国得颍倅二首》之一："仙风入骨已凌云，秋水为文不受尘。"

2019 年 3 月 22 日

浪游　一笑江湖本

　　人到中年，念旧不是老态，而是情谊更真，岁月荡涤了繁华中的虚伪，沉淀下的是真善。惜缘，与人为善，终得福报。子善先生为我题词"天天阅读事事思考"。其实做人就是用最美的心情，过好自己的日子，让生活快乐些。

　　早，在东门老城墙根吃早茶，兴化早茶的元素是地方特色、制作精细、求精求巧、注重品味。早茶有一茶二点三面，即一个茶头、二个点心、一碗阳春面；倘若一桌多人就增加冷盘和点心品种，我与同桌的老兴化人聊了些兴化的过往，聊些记忆中的老街老巷老茶食，浓浓的乡情，地道的原生态的兴化话，儿时哪些声音的旋律、节奏就是我们心底的声音了，童心烂漫最忆儿时。

　　我们世居兴化，还是可以说和正在说原汁原味的兴化话的，兴化话的内涵外延，倘若想听，可以告诉那些不知道究竟的老乡们。说到兴化话的元素，想到与友人聊起的兴化话的地域、发音语境，这些碎片可以凝固成厚重。兴化话的语音寄托和传承了兴化读书人家的书香和蕴含兴化人充溢烟火气息的温暖。人文积淀，书香氤氲；地域方言，源远流长。

友人写我文中说我不喜"膏粱"，我喜欢自在地生活着。梭罗《瓦尔登湖》：他们把人生最美好的光阴都用来挣钱，就为了可以在迟暮之年，去享受一番这让人质疑的自由。

什么事情都是必然和偶然，兴趣是自然产生的，我喜爱读书和地方文化，是源于我出生在兴化城生长在兴化城，这里幽幽书香是我心安之处。

兴化驻城作家、美国著名作家、资深创意写作教授大卫·范恩说："文学是生活的一面镜子，可以反映生活。"一个懂得生活的人，一定要像云一样，过得自由自在。几十年来，我行走过多地，品尝过南北美味。兴化美食融合南北，自有其独特的风格和品性，非半吊子使劲吆喝又不得其妙的缘故。忙中静趣，在书写中寻找自我。我不喜欢愚昧的人，也不怕聪明过度的人，只是对那些没有情趣的人，自然疏远罢了。

电脑屏幕跳出一帧画面，上面的文字是"珍惜所有的不期而遇，看淡所有的不辞而别。"因为喜欢读书写作，20世纪80年代初，我参加安徽《未来作家》文学院刊授学习，坚持每天读书写作，每月交一篇稿子，有专人点评指导，文学点亮我的人生。泰戈尔《飞鸟集》："杯中的水是清澈的，海中的水却是黑色的。 小道理可以用文字来说清楚，大道理却只有沉默。"文化，就是让不明白人明白，真的不复杂。

秋风起，蟹脚黄。想到白石老人笔下的蟹，也想到用蟹八件品蟹，更想到的是蟹文化还有故事，兴化八字桥畔的老渔翁正划着桨，将这美味送来。《六祖坛经》上说：一切福田，都离不开心地。心田上播下善良的种子，总有一天，会开花结果。

晚上在家喝浙江老字号黄酒，想念浙江的朋友了，美丽的南浔、西子湖、楠溪江、建德……还有那浣纱的西施故里。

撑一叶小舟，向着梦想远航。

2019年9月24日

与君还旧好

文学不仅仅是文字的表达，而是一切艺术形式的体现。平日里，我读书写字累了，就读家中所存的书画。或出去走走，拍摄一些图片记录我心中想要表达的情愫，这也是思想者抓住稍纵即逝的感觉。

午后，读我地花鸟画家汤英先生精绘扇面。汤英先生，字勉之，因喜好围棋与书画计白当黑的理念相通，故取"弈墨斋"为斋名，号弈墨斋主人。先生自幼师从本邑画家乔惟良老先生习画，尤擅牡丹，在兴化书画界享有"汤牡丹"之誉。

多年前汤先生精绘一折扇相赠，扇骨用的是古铜式湘妃竹，扇面上画一设色花卉"晨曲"图，一扇展开，四五枝桃花，累累红桃挂在其上。一鸟栖于枝上在欢唱，两只蜜蜂飞腾其间，使人感到晨间的清爽，世间的祥和安逸，听到鸟语花香，真是妙趣横生，令人爱不释手。此等精作，舍不得用，文友相聚，方展读把玩。

200510 月 13 日，我参加在北京朝阳区文化馆举办的第三届全国民办读书报刊研讨会，有幸与陈子善先生同住一室，会议期间来拜访陈子善先生的书友不断，大都请其题签，先生忙着题签我帮着钤印。先生应我之请，在我带去的折扇上题"书海无涯，世界上的书实在读不完，但能读到好书，是人生的一大乐趣。晓铭先生嘱题 陈子善乙酉仲秋"钤白文名印。在北京开会的那几天，我每晚聆听先生讲述文坛掌故和逸闻，大开眼界，增长了不少见识。

陈子善先生题字扇面汤英先生画扇融为一体，实为精妙之作，当宝藏之。

汤英先生为人儒雅谦和，睿智严谨。他的画和他的人一样，真挚、淡然。其作品构思严谨，内涵丰富；笔法凝练，挥洒自如；真趣质朴，清新雅致；字里行间蕴涵着内蕴，充溢着浓厚的书卷气息。先生曾赠我水墨兰花横披，画上题的是石涛《兰图》诗：明月不留人，红颜自衰老。何日归湘溪，与君还旧好。

2019 年 3 月 25 日

秋分客尚在

今日秋分。风吹一片叶，万物已惊秋。秋风起，一番风，一番雨，一番凉。我写下这个词时，我不知道是应该写"忍福"还是"福忍"，转念一想，福者忍也，忍者福也。

小时候，我爸爸告诉我：流口水是现象不是病。自小到大，我的情商总是大于我的智商，待人总是真心实意。做人要一半聪明一半糊涂，把聪明的眼光看向自己，把糊涂的目光对向别人，学会心里有数嘴上不说。

秋风吹在身上，一股寒意，感觉凉飕飕的。秋风，倒让我想到一句话：什么是道路？启程的宣言，写在一页叫作泥土的纸上。想那秋风微凉的快意，望天、看云、看海、看垛上风景……

在旅途的车上，看到上车下车和遇到的好多是和我孩子大小的年轻人，他们背着旅行包行色匆匆，我注意他们就好像看到我的孩子在旅途，车外的世界在车上看到的都是瞬间，生活又未尝不是。

记得 20 多年前，与同事出差在外，吃饭时，他告诉我什么是幸福？他说：幸福就是在家看着孩子吃饭时的那份快乐，是享受。从他言语间，我感受到那份亲情。

20 世纪 90 代初，逛兴化新华书店见到冯其庸先生的著作，《秋风集》冯其庸著（文化艺术出版社 1991 年 1 月第一版）印数：1000 千册，定价：5.8 元。

读书中瓜饭楼主冯其庸先生画"秋风图"，《秋风集》序言："我为什么给这个集子取名为《秋风集》，理由可能可以讲出很多，但最主要的有两点：一是取秋风故人之意，因为集子中收了不少怀念旧友之作，特别是其中有的朋友已经作古了；二是集子中有一些文章，回忆到我童年和青年时期经常挨饿的秋天，使我当时倍觉秋风多厉而又多感，现在一读这些忆旧的文字，仍不免觉得有点秋风秋雨之感。"

我喜爱一个人独自行走，饱览自然风光的时候，更喜欢找寻充溢人文底蕴的老街老巷老宅，感悟这雕刻的时光。每个人都有自己的故事，每个人也已经历不同的故事。想念远方的友人，时间是个好东西，验证了人心，见证了人性。

秋凉时分，我经常思考，乡愁是什么？是仅仅遗存的老街老巷老屋吗？乡愁其实是一个人血液里流淌的认知，是对父母兄弟姐妹的那份亲情，房子可以没有了，但根脉还在，望乡望念的是血脉里的亲情。

2019 年 9 月 23 日

常有清凉风
满袖

折扇的出现距今已有 1500 年左右的历史，南齐时称折扇为"腰扇"。中国的折扇是个妙物，正面能画，反面能书，扇骨上可以雕刻；集诗、书、画、篆刻于一体，备受人们的珍爱和收藏。

收藏折扇，给我带来的是更多的快乐。多年前邹昌霖兄给我书一折扇，用的是苏州桃花坞扇庄制的白纸宣；上书朱敦儒一小令："我是清都山水郎，天教分付与疏狂。曾批给语支风券，累得留云借月章。诗万首，酒千觞。几曾著眼看侯王。玉缕金阙慵归去，且插梅花醉洛阳。"此扇书法，似行云流水，气韵神足，我甚为喜爱，并在扇面的右上方盖椭圆的"积树居"印章。它伴随我走过大江南北，独行时，手持此扇如与好友一道行走，它陪我经历过山塌方，穿越过黄浦江隧道，登上波音747，飞越万米天空，深山访过友。经过若干年，此扇虽已有些破损，但浓浓的情谊却融入扇中，成为我的珍藏。

平日里，我码字累了，手执赵明兄画的折扇，顿觉一片清新之气。

赵明兄画风清新脱俗，传统功力深厚，作品擅用水墨淡色，"不求形似，但求生韵"，突出主体，善于剪裁，讲究布局中的虚实对比与呼应形成水墨韵味的艺术效果。

我与赵明兄熟稔，他师从吾邑画家魏步三先生。少年时我常在魏先生画室观先生画画，与赵明兄自是十分熟悉。赵明兄多年来潜心于画事，笔下花鸟、翎毛、走兽、人物个性风采独具，深得画界好评。

我藏有多把折扇，可以说每把扇中都有一个故事。折扇于我已不单单是一藏品，它象征着一种亲情和友情。

知道宁文兄钟情书画，他自幼对画事饶有兴趣，用心锤炼基本功，并有拜师求艺经历，20世纪八九十年代为写生和创作"高峰"期，后因编辑事务而疏隔。但一直留意观摩艺术，近年又重拾画笔，出版有《宁文写意》。多年前我曾请宁文兄书一扇面"宠辱不惊去留无意"，宁文兄所编《开卷》读书杂志及《开卷文丛》对海内外读书界影响巨大，相同的年龄共同的爱好使我们彼此走近。

抚摸我收藏的一把把折扇，激起我心灵的感怀。展扇风流，藏扇快乐，人生如斯，岂不快哉。

2019 年 4 月 9 日

兰花质性本
清幽

生活在郑板桥故乡的人，对板桥笔下的兰竹画不单情有独钟，现实生活中的兴化人种兰、养兰亦蔚然成风，并成立兴化市板桥兰花协会。对于种兰、养兰我没什么研究，兰花诗倒是背得不少。家中只有"铁骨素"等品种。

我之喜爱养兰花，虽受少时所背诵的兰花诗及郑板桥先生画中对兰花的题咏影响。但真正喜爱兰花的情缘却是郑板桥诞辰三百周年时，京城著名书法家王一新先生，得知消息不顾年老体衰，精心创作五幅作品赠送给兴化市郑板桥纪念馆收藏，托我转交。我读王老法书感到王老书法已深得郑板桥的六分半书精华，为当代板桥体书法大家，原中国书协主席舒同先生亲自为王老标定润格。我将王老交办之事圆满完成，王老为答谢我，特赠我书法条幅留念："兰花质性本清幽，卖与人间不自由。好托竹枝兼石块，故交相伴免春愁。"郑板桥的咏兰诗，题款为：晓铭先生正，糊涂人王一新于北京钤白文王一新印。我十分喜爱郑板桥的这首咏兰诗，精裱后悬挂在室中，此后我与兰花结缘。经常品读这首诗，欣赏这书法。诗、书法、兰花三者同处一室相互交汇，合成一幅画，这浓浓的情意、淡淡的芳香竟自然而然地散发出来。

家中盆栽的"铁骨素"，我用的是紫砂盆，盆为三色紫砂，盆口为红色，下为蓝边，中间为橙黄色上刻行草"香海"，下边又为红色。"铁骨素"是目前最常见，也是最廉价的建兰素心品种。为了养好兰花，我阅读有关介绍种养兰花的书。立秋以后空气湿度降低，水分供应甚为重要，应酌量多浇水，牢记古人秋不干的告诫。种养兰花能使人修身养性，对兰花的培养、抚养、调养等，无不体现主人对它的呵护，的确，养兰不同于种兰，要想使兰花养出高品质来，如同对孩子的培养，须精心、静心、细心、信心、耐心，一株小苗养成，历经长时间诸多变化，要使自家心态平和，达到养心效果。铁骨素虽然一直不开花，也就养着它，今年气候反常，大水后高温，可任凭风雨吹打，烈日高温，但铁骨素乃瓣质厚实，洁白色净，香气醇正，这不正是名花的品质吗！

我表舅养兰多年，品种众多，为养兰高手。我常见他精心护理满院的兰花，他经常与一些兰友切磋交流，痴迷兰花，乐在其中，并得养兰妙谛。他养的兰花获得过金奖，惜表舅因病去世，独自追随天国的幽兰了，那几日他家中的兰花，也黯然失色，满院的兰花，哭泣它的主人，兰中的知己。提笔写此文时，犹记表舅音容，是为纪念。

兰花以其独特的品性使人着迷，它清幽的质性，是君子之风；是坦坦荡荡的故交，是养兰者的知己。说它是香气袭人的花神。我宁说是君子之交的兰草，它平和、高贵。

原载《泰州晚报》2006年8月22日

妈，今天是您逝世一周年祭日，去年（2023年）5月22日（农历四月初四）下午16点47分，儿跪着您床边大声地喊着"妈妈妈妈"，您就这样走了，儿心不甘啊……

妈妈，儿每天梦里都大声地叫着您，您在那啊，您走后，我写"妈妈别走""怀念妈妈"。妈妈走了，儿不能在您面前与您叙说，只有在您坟前默默流泪，看墓碑上妈妈的照片，我泪眼婆娑，一个人不停地喊妈妈……

妈，儿想您了。每当听着思念的歌曲，听着听着就流泪，是儿思念妈妈了。

妈妈出生于富裕的家庭，自小读书明理，善良乐于助人，当年与您一起到扬州工作的同事都称您"大姐"，平日里，她们遇到我都会讲述您在扬州工作期间的事，说到在扬州工作时您对您大哥我大舅的帮助……每年，妈妈您每一次让我电话大舅时，您饱含眼泪，颤抖地叫声哥哥，刹那间，您的眼泪就流下来，您让我理解兄妹情深。妈妈对于兄妹之情和姐弟的感情是真挚的，她对哥哥之情、对弟弟关爱之深，情真意切。

我外公是兴化"全昌"号当家的，犹记您八十岁那年，我陪妈妈您，走在兴化东门外大街上，您告诉我：这一家是我外公的铺子、哪一家是我外公的铺子，谁是我们家聘用的掌柜，哪些人忠厚老实，多年来都会给我外婆拜年，那发自内心的尊重。妈妈，您每一次与我说到我外公都满脸的自豪，说我外公身材挺拔、双眼炯炯有神、满腹经纶，双手拨打算盘，可以将书本里的文章一一背诵出来，外公可以将没有见识过的衣服，只要说出个大概他就可以设计出来画样并且所有尺寸纹丝不差。妈妈您说您上学时用的一方蟾蜍形歙砚，您说其质地润湿宜笔而褪墨，可惜不知道遗失到哪儿了。

我出生日是妈妈的苦难日。妈妈说：她之前是生一个养一个都不存了，说到这，妈妈满眼流泪，我是妈妈生的第三胎了，也是妈妈生存下来的唯一的儿子。自小我就是我外婆带大的，外婆在我摇篮里哄我的摇篮曲就是三字经、蒙学幼教，外婆教育我"大舅自喜欢小读书，只要读书就不会被外界任何事情干扰"，大舅就是我们家的楷模和榜样。

外婆教我，有的给人是幸福的，这是做人的品行；妈妈教我，人家分东西你要走开，心中有你的人，你不在场人家也会给你留下，这是情谊，人家带你玩自然就会叫上你的，做人应有做人的根本，与人家做兄弟就永不背叛。

妈妈生病后，我放弃了所有工作，一心一意地陪护在妈妈身边。日夜守护，几经生死；用爱将妈妈从死神面前拽回，用孝心感化死神，用天底下最质朴的母子相连，把妈妈从死亡线上一次又一次地抢回来，儿

在就不让妈妈离去······

2022年9月5日，妈妈住院已经12天，我在病房服侍妈妈也12天整，每天睡眠仅几个小时，人却整天地精神着，楼上楼下奔走，电梯与病房互换，不是在病房就是行走在医院的各个检查处，妈妈住院得到家人、医生和护士的关怀，听着医生护士一声声奶奶叫着，妈妈笑了，我心甚慰。

2022年9月8日，病房是安静的，我心亦平静，服侍好妈妈，是我的责任。窗外蓝天白云，独坐默念《心经》，以破三障；心诚正信，达成善愿。

妈妈住院已经15天了，白天和黑夜我俱是精神紧绷着。白天，迎接一个一个检查，等待着一个一个的结果；黑夜，守护着妈妈床前，稍有动静，即刻起身。太阳升起，迎着晨曦，看到医生就希冀地看望着医生，读医生的表情听医生查房的询问，大脑飞转，调动一切可以掌握的信息，内心在解读着，此时此刻满心满脸地想要从医生的表情里读出希望。

往日，缺少运动的我，现在是健步快走，收腹挺胸，浑身充满力量，因为身担责任不敢懈怠。

身体动起来时，就是我行走在病房和各个检查科室之间。稍微静下来，就在默默地回放我读过的书和所遇到的人经历过的事······

里尔克《秋日》：

孤独的人会长久寂寞，

会在无眠的期待中读书、写长长的信，

会在秋风蹂躏枯叶的街巷里

不安地踱来踱去。

2022 年 9 月 23 日，自我妈妈生病以来，我对家人亲朋间的感情尤为看重，此时也是我的情感脆弱期。坚强如我，对于生命中关心我的人和我关心的人难忘，当下的人情就是一个电话，一声慰问，一句暖心的留言。

这段时间我是医院和家两地奔着，病房里陪护着妈妈，牵挂的是已经有些老年痴呆症状的爸爸。一心两地，分身无术，祈求家人，祈求亲朋、祈求能够给我微笑的所有人，感恩你们帮助，大恩不言谢，遇事看人心。

连续的睡眠不足，身心已经疲惫不堪，然，支撑我的是我要护佑我妈妈，生而为人，这是我的责任。

妈妈，你病我找医生；你住院，我陪护在旁；你想吃，我换着法子，烹饪出妈妈喜欢的口味；妈妈生我养我，儿尽孝服侍你身旁，端茶送饭于床前，这是理所应当。

白驹过隙，

百态苍生；

守护家人，

万象平凡。

2022 年 10 月 8 日，自我妈妈生病后，我的心、我的生活、我所有的一切，就随着我妈妈的病情在波澜起伏；此时，对人情的渴望、对医生的期盼、对所有人给我的关心都镌刻在我心里。在我妈妈生病住院的日子里：我面对医生充满万分的尊崇和感激，企盼她们给我妈妈带来的是健康；面对敬业的护士，她们专业充溢人文关怀的工作，值得每一位患者和家属的敬佩；面对保洁，她们的平凡也是社会所需。

知天命后，已然洞明；化繁为简，大道至简。我天性随和，善待人世间一切生灵，与人为善，做人从不恶语相向，让我在人生行走的路上避开一个又一个坎坷；从不为难小人物，生活不易，活着就好。

笑对人生，哪怕躺着中枪又何妨。人精我傻，想想生活里到底有什么？唯有健康平安，才是福气。一个人陪护生病妈妈住院的日子里，孤独中得到医护人员的关心，感到慰藉；身心俱疲时为了妈妈更多的是一份责任和担当；独自坐下时，浑身没劲，支撑不住时心中唯有爱滋生出力量，因为爱所以爱。

在病房陪护生病妈妈的日子里，我没有睡过一天整觉，白天挂水我得盯着，夜里妈妈不睡我睡不了。清晨醒来，站立起来两眼一抹黑，不扶住墙就眩晕得站不稳，身心俱疲，却无论如何不能够倒下；妈妈生病与不生病的脾气一样，得哄着；我的脾气自然顺着妈妈脾气，这就是顺吧。

2023年1月2日，自妈妈生病，40多天来我衣不解带照顾在妈妈病床前，在与病魔博弈的日子里，妈妈多次经历生死救援，面对病魔带来痛楚苦难的妈妈，我愿以儿之身换取妈妈经受的痛苦，然，在病痛摧残之下儿却倍感无力，唯有悉心照顾。

陪护妈妈在医院治疗多日，妈妈要回家，谨遵妈妈意思，回家，回家有亲情的氛围，有家的温暖，有更多家人的问候，拥有的是心灵慰藉。

亲情可以减轻病痛的折磨，亲情可以降低心理负担，亲情可以扎一道抵御病魔浸淫的屏障，心帆是驶向积极乐观的境界，活在当下即是幸福，人生需要爱心和包容，禅心就是包容一切的心，尤为重要的是有一颗真诚爱心，种善因，结善果。

一夜没有睡，妈妈从半夜一点叫我，我即刻起来给妈妈翻身，喂水。刚躺下睡眼蒙眬，妈妈再次叫我起来，问几点了，告诉妈妈现在是凌晨2：15分。妈妈说：身体疼。我说：妈，我帮你疼，您再喝点水，多喝水，排尿是解毒。转眼3：25分，妈妈叫我，帮妈妈翻身，说会儿话，看妈妈鼾声起，我再一次躺下，眼睛还没有完全合拢，却又该起来了……

我说

为妈妈

我会愿意

放弃我生命

妈病

已昏迷

抱妈手术

辗转数病房

病危

不放弃

一次一次

我决不放弃

回家

重昏迷

让我放弃

我不，我决不

妈妈

又重生

日夜夜日

是永不放弃

妈啊

您生我

我救护您

我命是您命

妈在

家就在

天地可鉴

不欺是吾心

做人不单是做孝子，孝敬父母是做人的良心。仰不愧于天，俯不怍于人做到就行。妈妈您走一周年了，儿始终不敢面对，一直不敢写任何怀念的文字，妈妈，您永远活在我们心里。

2024 年 5 月 22 日

跋：真诚温暖本性

我喜欢微笑着面对我遇见的每一个人，享受着阳光的沐浴，因为真诚不虚伪故不世故，我喜欢我的家乡兴化，说着自小就说的兴化话，秉承着祖辈传承下来的礼仪待人，相信别人，温暖自己。

读与行并举，生活处处有语言；想到我走过的风景，想那山水之间我留下的脚印，想起山中遇到顽皮可爱的猴；想到那雨过初晴的天子山，蔚为壮观，奔涌的云雾形成瀑、涛、浪、絮多种形态，连绵浩瀚，波澜壮阔，可俯视大千世界，自会生出"山上无山我独尊"的无限豪情。

当年的我，背一个小包，浪迹天涯。只不过我文静的外表，总会让人忽视了我刚毅，特立独行的一面罢了。写了些心灵与共的文字，是因为我心中有话要说。我至今不敢称写文章，因为我从小受到的教育是长辈和先生教的，杜甫的："文章千古事，得失寸心知。"我奉为座右铭。

最美的事不是留住时光，而是留住记忆。翻开往日的照片，致敬青春。一路上遇见和擦肩，相识与不相识，都是经历。愿时光暖暖，故人不散。

我的生活平淡无奇，平日里，读点书写点字做点本分内的事。宛如生活里的一叶，倘若风大点，我这样的人恐是刮点风都会吹得无影无踪的，然吾心本真，还有关心我的人们，总归是幸福的，我爱故我在。没事，走走老巷子，走在静谧幽幽的巷子里，心里踏实，感受那股烟火气，与熟悉的街坊们道声：万福。

生活中常常遇到一些人和事，有愉快有不快，一笑了之，大自在皆因悟道深。其实，人生本没有那么多抱怨和看不惯的事，相遇时彼此尊重，常记得把亲情友情放在第一位，懂得感恩别人的人，值得善待。人生经事，少年记忆；雨中看花，雾里望月。念及人好，勿忘故交；常怀感恩，常念相助。

厚道做人是我的本性。我待朋友真诚友善，尽力而为与人为善。人到中年不是回忆，是身体中本能地散发出的人情味愈浓。人要懂得感恩，晓得知恩图报，但这与一个人的家庭传承和他自小受到的家教及成长环境有关。

这本书所写的是人生如茶别有意趣的童心烂漫，随性随缘的温暖文字；笔底波澜里雅厚雄深的真情文字；积树絮语中悠悠古韵里的岁月轻歌曼舞，相逢如故旧，相聚是缘是因为爱所以爱；云为诗留，殊无尘埃，小语幽梦里的笔墨雅趣；深情倾听心驰神往的兰花清幽质性，乐在行间字里藏。积树居是我的书斋名，本书取名"积树居絮语"，是我在积树居中所思所想。我每天在这里轻松自在地读书写字，写我在书斋里絮语和生活的点滴感受，用文字将自己的生活感悟表达出来，抒发内心的感受和情感。

我喜爱宠辱不惊，守着一份宁静，听曲品茗是雅，读书写文是乐；结识四海之友，识见性情友朋，此间之乐是书内书外的缤纷世界。用真实的文字，抒写熟悉的人和事，表达真感悟。积树絮语，心语难得。书斋是我读书编书著文之余之遣性赏读文玩、书画的休闲地。崔文川兄为我专制二款藏书票，一幅是两只熟透的柿子，象征着硕果累累。另一藏书票，画面以红黑蓝三色为主色调，站立的裸女身披蓝红罗纱，亭亭玉立；这美轮美奂的藏书票给人以美的享受。我在积树居中写作累了就读书放松，读书时间长了就赏玩书桌上的文玩，把玩一把陈年的紫砂壶、欣赏一件明清的瓷器、读一幅心仪的书画，在故纸中找寻往日的故事，阅读书斋中隽永有味的书，不亦快哉。承锺叔河先生、王稼句先生为我题签，衷心感铭，谨此致谢。

　　喧嚣红尘里，懂得感恩的人自会拥有一切，做一个温暖的人，与有情趣的人在一起舒心。缕缕箫音，空灵淡雅。文学不仅仅是文字的表达，而是一切艺术形式的体现。每个人都有各自的出生和生活环境，不一样的人不一样的环境就有不一样的观念，犹如两条河流，不是一个方向，终归不会流入一个河道里的。博尔赫斯：我不知道自己是不是个好作家，但我确实是个好读者，而这一点更为重要。我是一个感恩的、折中主义的读者，一个称得上是真正的读者。

　　我喜爱听雨，雨打窗棂，如喃喃絮语又似低吟倾诉；喜爱雨丝，轻轻洒洒地在飘拂，让我思绪万千；喜爱读有温度的文字，她感情真挚忠实的记录，丰富了我们的内心，充实了我们的大脑，记录下人与人之间的交流融通，注入更多的温度和情感，感受独特和真切，蕴含生命与灵魂。

　　漫步在林荫道上，看到太阳透过树林，散发出斑斓的光束，宛如在森林里前行时看到的光明和前行的目标。走在乡村的小路上，感觉阵阵熟悉并带着泥土芳香的乡野风，扑面而来，她是那么的热情、温暖、真实，村民家门口栽种的果蔬散发着特有的清香，感受这美妙的生机和诗意，心旷神怡。享受快乐是一种福气，让更多人快乐就是幸福。感恩所有的遇见，珍惜拥有的一切，善待自己，做好自己。

一滴水是生命的结晶，一篇篇文字是我用心写下的对生活的挚爱，一份爱永怀心中，她温暖如玉。

2024 年 10 月于积树居间；三餐味道，土膏之气。父亲今天下午又一次走失，天天提心吊胆的事情再一次发生，下午赶到新城派出所，在警察的帮助下，终于将老父亲找回，在外跑了两个多小时的父亲，身体依然那么精神。风吹叶落。人到中年经历了丧母之痛，又遭遇父亲患有老年间歇性痴呆症，每天心中牵挂父亲，我善良待人，心中总是想着别人待我的好，哪怕别人曾经给过我一个笑脸，我会记着他的好。《六祖坛经》上说：一切福田，都离不开心地。心田上播下善良的种子，总有一天，会开花结果。曾子曾说：人而好善，福虽未至，祸其远矣。多读书可以丰富和提高我们的见识，一个人的心智要成熟，就要行事判断有主见，有原则；要有容忍和谅解的胸襟，懂得学会与别人如何相处之道。有些事，非我谨慎以待，不是我不言而是我知而不语；人到中年，唯爱在心。学习上唯有勤奋，生活中唯有珍惜，工作上唯有用心。一人一书一世界，静静地读。文字净土，心灵之上；茫茫大海，奥妙无穷。道本无言，文以显道；修炼心性，知人自知。茨威格：安静是一种很有力量的氛围。正如一只装满液体的瓶子，摇晃过后，一旦安放在桌子上就会出现沉淀物。人也是如此，经过痛楚后的冷静思考，可以凸现出人性中不为人知的潜藏部分。得闲就读书、写文，一天下来，眼睛模糊，起身遐想，神游物外。向往自然，鸣沙山上；水上森林，淡然超脱。万法皆归自然，想到的是让自己身心能彻底放松。知止而能定，定而后能静。人只有把自己放低到尘埃中，才能收获浩瀚星空。文字表述的是内在的心境，读书学习，绝非来自比较，而是欣赏。

兴化的秋天美得炫目，美得真实、美得让人遐想；她有少女的恬静、少年的激扬、中年的沉思；站在桥上看风景，是人间烟火，坐在河心的岛上读书与秋风一起爱秋，一壶醉红尘。愿做读书人，聆听世间音；人间烟火味，懂你滋味浓。

2024 年 09 月 04 日